ある日の放課後
私は、ラブレターを拾った。
シールがはがれてる…。
真っ白な便箋
不器用な、文字と言葉
あなたの笑った顔が好きです。
あなたのことを一生守ります。
だから、
俺と、付き合ってください
なに見てんだよっ！

顔を真っ赤にして
勢いよくそれを
奪い取った君
どうすれば
いいと思う?

なんて。
そんなこと自分で考えてください。
真剣な君には言えなかった。
俺、
マジで幸せにしてやりたい
藤田の幸せ願ってるから

……あれ?
私、なんでこんなに
ドキドキしてるんだろう?
彼には
好きな人がいるのに……。

野いちご文庫

だから俺と、付き合ってください。

晴虹

STARTS
スターツ出版株式会社

藤《ふじ》田《た》綾《あや》乃《の》

高2。控えめな性格で言いたいことを我慢しがち。ある日、清瀬が書いたラブレターを拾ってしまい……？

秋《あき》田《た》修《しゅう》二《じ》

高3。サッカー部部長で学校中から絶大な人気がある。綾乃の彼氏。

登場人物

清瀬太陽《きよせたいよう》

高2。学年1の人気者。モテるけど人懐っこくどこか憎めない。綾乃に恋愛相談!?　ユカのことが好き…?

冴木《さえき》ユカ

高2。綾乃の親友。一見派手でギャルっぽいが、笑顔が可愛く、友達想い。

あなたの笑った顔が好きです。

あなたのことを一生守ります。

だから、

俺と、付き合ってください。

ある日の放課後、下駄《げた》箱の下にかわいそうに落ちていたもの。
私が拾った宛名《あてな》なしのラブレターにはそう書かれてありました。
とても不器用で、とても真っすぐな、言葉。
私が、忘れかけていた気持ち。
青春はいつも私たちを悩《なや》ませる。
それでも私たちは、何度でも一生懸命《いっしょうけんめい》に恋《こい》をするんだ。
つらくても、苦しくても。
好きって気持ちは真っすぐにあの人に向かうの。
あの人だけに……。

1

拾ったラブレター

今日は、やけに夕焼けが綺麗《きれい》な気がする。廊下《ろうか》を駆けぬける私の視線の先には真っ赤な空。でも今の私にはそれにうっとり見とれている時間はない。

春、桜《さくら》の花びらも散り、四月もあと少しで終わりを迎《むか》える。

あんなに寒かった冬が終わって、過ごしやすい季節になった。少し暖かすぎる気もするけれど、それは今私が走っているからかもしれない。額《ひたい》にうっすら汗《あせ》がにじむ。

「もぉー、最悪すぎっ！」

春の優しい木漏《こも》れ日《び》の優しさとは対照的に、今の私の心の中は厳しさで占《し》められていて、足音《あしおと》もつい大きくなる。

放課後になって教室を出ようとした私を先生が引き止めたかと思うと、日直だからという理由だけでプリントをまとめる作業の手伝いを強制的にさせられた。

今日は早く帰って録画していたドラマを見ようと思っていたのに。

先生のせいでその計画が崩《くず》れた。

部活をしている生徒以外は、もう全然人の気配《けはい》がしない。やっとの思いで解放された私はイライラしながら階段を二段ずつ駆《か》けおりていく。

そして下駄箱にたどり着いて、自分の靴《くつ》に手を伸《の》ばした瞬間《しゅんかん》。

「……ん？」

ふと、足もとに落ちている白い、長方形の物体に気づいた。

これって、手紙……？

拾ってみると差し出し人の名前も宛名も書いてない、ただの白い封筒だった。触《さわ》った感じ、中身はあるみたいだが。

……なに、これ。もしかして……誰《だれ》かのラブレター？

クローバーのシールで封《ふう》をされていたみたいだけど、粘着力《ねんちゃく》が弱かったのか、剥《は》がれかけている。

これは、私に見ろって言っているのかな？

もちろんそんなわけないんだけど。人って、こういうものは無意識にも見たくなるものでしょ？

あたりをキョロキョロと見回して、誰もいないことを確認する。数秒じっと手紙を見つめると、そっと開いて中身を見た。

あなたの笑った顔が好きです。

あなたのことを一生守ります。

だから、
俺と、付き合ってください。

不器用な字と、まぶしいくらいの真っすぐな気持ちが紡《つむ》がれている内容に、思わず目を見開く。

……うわぁ、すごい。本当に、ラブレターだ。

小さなメッセージカードのようなものに綴《つづ》られた文字たち。あまりに純粋《じゅんすい》なその中身に、胸が高鳴るのを感じた。

あ、二枚目がある。ダメだと思いつつ二枚目を見ようとした、その時。

「……おいっ！　なに見てんだよっ！」

完全に油断していた私に届いた大きな声。突然《とつぜん》真うしろで叫《さけ》ばれて、ビクッと肩《かた》を震《ふる》わせた。

とっさに振《ふ》り返ると目の前には見たことがある人物が顔を真っ赤にさせて、鼻《はな》息を荒《あら》くさせて立っていた。

あ、もしかして……。

「これ、清瀬《きよせ》くんのっ……？」

顔が引きつりそうになるのを必死にこらえながら、恐《おそ》る恐る彼に聞いてみる。

目の前にいる、清瀬太陽《たいよう》くん。となりのクラスの人気者だ。

彼の存在は知っているけれど、話したことはない。

たまった唾を、のどを鳴らしてのみこんだ。

「……中身、見た？」

「う、うん。ごめん……」

「うわあ！　マジか！　やべぇ、どうしよう。なんかチョー恥《は》ずかしいんだけどぉ！」

本当に心の底から恥ずかしいのか、足をバタバタさせて顔を手で隠《かく》している彼。

もう真っ赤な顔は見たから、隠しても意味ないと思うんだけど。

「どう、思った……？」

「え？　ああっ、えっと、すごい真っすぐな気持ちで感動した……？」

……なんで疑問形なんだ。

自分に突っこんでみたものの、目の前にいる彼はそんなこと少しも気に留めずに相焦《あせ》っているのか、頭《あたま》をかかえてぶつぶつひとりでなにかを呪文《じゅもん》のようにつぶやいている。それが妙《みょう》におかしくて、クスッと笑ってしまった。

そりゃそうだ。ラブレターを見られたんだもん。死ぬほど恥ずかしいに決まっている。

「このラブレター落ちてたんだけど、誰に渡《わた》そうとしたの？　きっとこれもらった人うれしいと思うよ」

ハイと彼にラブレターを差し出した。

それを受け取る彼の顔が小犬みたいで、さらに笑いを誘《さそ》った。きょとんとしたように目を丸くして。……この人、おもしろい。

背は私より十センチは高いだろう。

短髪《たんぱつ》の髪《かみ》はハチミツ色でとても派手だが、顔立ちがかわいらしいからか不良っぽく見えない。目がクリクリしていて、唇《くちびる》は薄《うす》く、やっぱりどこか小犬みたいな印象。

なんか、こう……母性本能をくすぐるタイプ、だと思う。

私に母性本能があるかは別として。

「今度は手渡ししなよ。また落ちてたらかわいそうだし。拾ったのが私じゃなかったらきっとからかわれてるよ」

彼は学年一の人気者。こんなラブレターが落ちてたってことは噂《うわさ》ですぐに広がる。

……私は誰にも言うつもりないけど。

こんなキラキラした気持ち、おもしろ半分では噂なんか立てられない。

私が、忘れかけていた、気持ちだから。

「そうだなぁ……。でも俺って、意外とシャイだからさぁ！」

首のうしろをかく彼のしぐさ。

またクスッと笑うと「藤田さっきから笑いすぎだし」と言われた。

え……？

「私の名前、知ってるの?」

今日初めて話したのに。

「あったり前じゃん! あの先輩《せんぱい》と付き合ってんだから!」

——あぁ、そっか……。そうだよね。私はしょせん、先輩のオマケだよね。

「あれ? なんか俺まずいこと言った……?」

「……ううんっ! そんなことないよっ!」

無理やり笑顔をつくってみせる。そんな私を見た清瀬くんが不思議そうな顔で首をかしげている。

触《ふ》れてほしくない話題だったけど、清瀬くんには関係ないことだし。

……私には秋田修二《あきたしゅうじ》という先輩の彼氏がいる。

この学校の生徒なら誰もが知っているぐらい、有名な人。サッカー部のエースで部長、おまけにイケメンで、優しくて。自慢《じまん》の彼氏。……だったはず。

だけど部活と勉強で忙《いそが》しい三年生の先輩とは最近まともに連絡《れんらく》すら取れていない状態が続いている。

中高生の間で流行っているチャットアプリで連絡はするけれど既読《きどく》されても、返信はなし。

電話は出てさえくれない。もう四月も終わりそうだっていうのに、デートも今年の初詣《はつもうで》が最後だった。

もう、嫌《きら》われちゃったのかもしれない。

嫌われる理由とか、まったく心あたりないんだけど、でも、連絡もないなんて、きっとそういうことだよね……？

別れ話をされたわけじゃないんだけれど、付き合っているのかさえ、よく、わからない。自然消滅という言葉もあるぐらいだし。

「ていうかさぁ、これ」

「ん？」

「どうすればいいと思う？」

ラブレターを私に見せながら、清瀬くんが苦笑した。

……どうすればいいって。

「手渡せばいいじゃん」

「ムリ。なんか、ムリ。たぶん振られる」

「なんでそんなふうに思うの？」

「だってたぶん向こう、俺のこと興味ないと思うし……」

それをわかってて告白しようとしてたのね。

さっきは恥ずかしいと地団駄《じだんだ》を踏《ふ》んでいたのに、今度はシュンと暗い顔をする彼はきっと正直者なんだろうなぁ。

コロコロ表情が変わっていく、忙しい人だ。嘘《うそ》とか、つけなそう。

「じゃあ振り向かせるしかないね」

「どうやって……？」

……そんなの、自分で考えてください。

なんて冷たいことは、目の前で存分に悩んだようにため息をつく彼には言えなかった。真剣、なんだ。

んーもう、しょうがないなぁ。

「どんな子なの？」

「んっとねー、とにかくいつも笑ってて、明るくて、かわいくて……って俺なに言ってんだろ」

プシューっと、音を立てて顔を真っ赤にさせた彼がおかしくてクスクス笑う。

手で顔を覆《おお》いかくしているみたいだけど、見えてますよ？

でもその子のことがすごく好きなんだろうなってことが、表情や言葉の端々《はしばし》から伝わってくる。

真っすぐで、純粋で。清瀬くんの恋、うまくいくといいなぁ。

素直にそう思った。

「誰かとか、聞いてもいい？」

「それはダメっ！　教えてやんねーしっ！」

……ですよね。

あわよくば教えてくれるかなって思ってたけど、やっぱりダメだったか。でもウチのクラスの下駄箱のところに落ちていたから、私と同じクラスの女子ってことは間違《ちが》いないだろう。

え、でも、いったい誰だろう……？　人気者の清瀬くんが好きになるような女の子でしょ？

いつも笑っていて、かわいくて……。

んー。私の親友の、ユカとか？

……うわぁ、お似合いだ。

「女の子ってどんな男が好きなわけ？」

「えー……なにそのアバウトな質問」

「ごめん。でもやっぱり、修二先輩みたいな男がみんな好きなんかね？」

……私に聞く？　それ。

「知らない。でも修二先輩は、モテるよ」

「だよなあ。やっぱそうだよな？」

「なに？」

「や、べつにぃ。あ、送ってくよ！　帰りながら話聞いてくんない？」

顔の前で勢いよく両手を合わせる彼に仕方ないと並んで歩きだす。

……さっきも思ったけど意外と背、高いんだよなぁ……。

なんて、となりの清瀬くんを見ていると「ん？　なに？」って笑顔がまぶしい。

「なんでも、ない……」

名前のとおり、太陽を見ているみたい。さっきの手紙といい、なんだか直視できない。

「ちなみになんだけど、藤田ってどんな女の子なの？」

「……？」

どんな女の子？

なにその質問。さっきから答えにくい質問ばっかりだ。

「普通《ふつう》だよ、フツー」

「んー、でも、藤田って、大人っぽく見えるけど、笑うと幼稚《ようち》園児みたいになるよな」

「……それって褒《ほ》めてる？」

「褒めてる！　褒めてる！」

……嘘だ。って、思ったけど、かなり真面目《まじめ》な顔でうんうんとあごに手をやってうなずく彼にプッと噴き出す。本当にそう思ってるんだ。

「なに、俺、そんなにウケる？」

「かなりね。久しぶりにこんなに笑ったかも……」

「それは盛ってるだろー！」

「うん、ちょっと盛った」

「ちょっ、そこは否定しろよ」

「アハハッ」

ヤバイ。予想以上のリアクションが返ってくるからこっちもどんどん言葉を返したくなる。からかいがいがあるっていうか。

なんて言ったら、また、すごく笑ってくれるんだろうけど。

「あ。ここまででいいよ。送ってくれてありがと」

最寄り駅に着いて、立ち止まる。ポケットに手を突っこんでいた清瀬くんが私を見てニッと笑う。

「いいえ。こちらこそ話聞いてくれてサンキューな」

「最後のほうは全然聞けなかったけどね」

「そんなことねーよ。楽しかったし、よかったらまた聞いて」

「うんっ」

入学して一年が過ぎていたけれど、清瀬くんとは今日初めて話をした。

でもそんなことを感じさせない彼のコミュニケーション能力の高さに改めて感心する。

前から知り合いだったかのように会話が弾《はず》んだ。

それが彼の魅力《みりょく》であり、人気の秘訣《ひけつ》でもあるんだろうな……なんて。

「じゃな、藤田。気ぃつけて帰れよ！」

改札を抜《ぬ》ける私に満面の笑みで大きく手を振る彼にちょっぴり恥ずかしくなり、小さく手を振りかえした。

……恥ずかしいわ、バカ。

なぜか小走りで階段を上がる。ちょうど来ていた電車に乗ってひと呼吸おいてから、空いている席に座った。

コツン……と、窓に頭をぶつけると、少し頰《ほお》を赤らめた自分の顔が映る。

「…………」

おもむろにスマホを取り出して、修二先輩からメッセージの返信がきてないか確認した。

やっぱりきてない、か……。

ねえ、先輩。私はあなたの心の中にまだいますか？
【今、なにをしていますか？】
最後に送ったメッセージの横の既読の文字に胸が痛む。
先輩。私たち、もう別れたほうがいいのかな……。

──あなたの笑顔が好きです。
──あなたを一生守ります。

清瀬くんのラブレターに書かれてあった純粋な想いに触れて、先輩と中途半端《ちゅうとはんぱ》な関係でいる今を、苦しく感じてしまう。
修二先輩、会いたい……。

2

キラキラした想い

私が高校に入学したときにはもうすでに修二先輩はこの学校のヒーローで、知らない人はいないっていうぐらい有名な人だった。


「ねぇ綾乃《あやの》、見て。修二先輩だよ」

入学して間もない頃。昼休みの学食で順番待ちをしていたとき。高校に入学して仲よくなった友達の冴木《さえき》ユカが指さした先を見る。

友達グループと楽しげに話している先輩を初めて見かけた。

……すごくカッコいい人。

軽く流すようにセットされた黒い髪の毛。切れ長の目と筋の通った鼻、小さな唇とシュッとしたあごのライン。

噂どおりのイケメン。笑った顔はくしゃっとなって、かわいい。ほどよく着くずされた制服にもセンスを感じる。爽《さわ》やかで、明るい印象なのに色気があるような、そんな感じ。

「あんな人を彼氏にできたら毎日幸せなんだろうなぁ」

「そうだね」

やっと買えた焼肉定食がのったトレーを器用に持ちながら込んできた学食内を歩く。

ユカの発言にうなずきながらも、絶対無理なんだろうなぁって思った。

だって、私たちには手の届かない人だよ。地味な私たち下級生と、人気者の先輩。どう頑張《がんば》っても、視界にすら入れないと思う。

……なんて、頭でわかっていながら、私はいつも捜していた。

登校してすぐとか、授業中の校庭、移動教室で先輩のクラスの前を通るときとか、いつでも。どこでも。

気づいたら私は先輩を捜していた。

見かけたらラッキーって。

気のせいかもしれないけれど、目が合ったら死ぬんじゃないかって思うぐらい舞《ま》い上がって。

……ずっと、私の片想いだった。

「……頑張れ、先輩」

部活も。放課後になると修二先輩目的のファンの女子たちに紛《まぎ》れて、先輩の応援《おうえん》をした。

汗をかく修二先輩が、一生懸命にボールを追いかける先輩が、ストイックに練習する姿が、すごくカッコよくって、すごく好きで。

見ていられるだけで、いいって、そう思っていた。

先輩から私が見えていなくても、いいって、陰《かげ》から見ているだけで幸せだった。

「キャー！　先輩が今こっち見たよっ！」

となりにいた女の子の黄色い声に圧倒《あっとう》される。

修二先輩のとなりにいたいと願う女の子なんて、山ほどいる。

……こんなに綺麗な人も修二先輩のこと狙《ねら》っているんだ。

綺麗な先輩たちとお子ちゃまな自分を見比べて、肩を落とす。

なんの取り柄《え》もない、地味で、普通な私なんか見てもらえるわけないってわかっているのに、なんで追いかけてしまうんだろう。

なんでこんなに好きなんだろう。

「…………」

ネガティブになりかけていた頭の中をなぎ払《はら》うように頭を左右に振る。

ダメだ。こんなの。こんなんじゃ。

強く、ならなきゃ。恋してるんだから。片想いなんだから。

そんなの、わかっていたことじゃん。

恋する乙女《おとめ》の心は強くなきゃ。恋なんて、やってらんないんだから。

＊＊＊

それからしばらくたった日の、放課後。もう少しで夏休みが始まる七月。

蝉《せみ》がせわしなく鳴き、日ざしが肌《はだ》をこがす。ただ歩いているだけでも汗が出てくる嫌《いや》な季節。

「あっ……」

テスト前で部活動が休みなのは知っていたから、今日は真っすぐ帰ろうと思っていたのに。……のに。

「あ、君ってたしか……」

会えちゃった。……大好きな、先輩に。

ばったりと、昇降口《しょうこうぐち》前で。

靴を履《は》き替《か》えて、いつもどおり外へ出るとすぐ横に先輩がいるんだもん。

心臓、止まるかと思っちゃった。

「あ、あの……」

「突然ごめんね。いつも練習見に来てくれてる子だよね？」

まさか、憧れの先輩に存在を知ってもらえていたなんて、驚きすぎて呼吸ができない。

じぃっと私を見る先輩の視線にたじろぐ。そしてかぁぁっと熱く赤くなる顔。

そんなに見つめないでください……っ。

いや、やっぱり、見てもらいたい。どっちだ。

「……そ、そうです……っ」

「やっぱな！　いやぁ、話してみたいって思ってたんだ。一年生だよね？」

「はい……！」

遠い存在だった先輩が、私のことを知っていてくれたなんて。感激すぎてめまいがしそうだ。

そして私の目を見て、笑ってくれていること。話してくれていること。なんか、もう、それだけで私……。幸せすぎて、泣きそうで、死にそう。

見ていてほしいのに、見ていてほしくない。

もっと笑っていてほしいのに、こんなにも恥ずかしい。

面と向かって話しているのに、浮《う》き足立《あしだ》ってなに話しているのかわかんない。

私ちゃんと返事できているだろうか。

おかしいこと言ってないかな？

私、先輩の目にどんなふうに映ってる？

ちょっとでもかわいく見せたいのに。身振り手振り、声のトーン、しぐさ、態度。

そこまで頭が回らない。先輩からの受け答えで精いっぱいだ。

「へぇ、そうなんだ」

「はい！　だから先輩と話せて幸せです」

「ははっ！　いつでも話そうよ。今度見かけたら俺から声かけてもいいかな」

思いがけないその提案に叫びたくなった歓喜の言葉をそっとのみこんで「待ってますね」なんて、抑えぎみに言ってみた。

ドキドキが、止まらない。

「……いや、俺が待てないな」

「へ？」

うーんとなにかに悩んだ様子の先輩の曇《くも》った表情がぱっと明るくなった。

なにか思いついたみたいに。

「ねぇ、あのアプリしてる？　メッセージ送れるやつ。よかったらＩＤ教えてよ」

「え？」

「あ、嫌なら全然いいんだけど……」

嫌!?

「嫌なわけないです……っ！」

思わず即答して叫ぶと「プッ」と、先輩がおかしそうに噴き出した。

やばっ、必死すぎた……！

シュンとおとなしくすると「素直で、かわいいね」ってニッコリ笑うから。

……キュン死にするかと思った。

好きな人から、かわいいって言われたの、初めてだ。

「もしかして照れてる?」

「うぅ、先輩、いじわるですね……」

「はは! ごめんね。なんかいじめたくなるんだよなぁ」

クククと、のどを鳴らして笑う先輩にプゥーと頬をふくらませる。

その頬を先輩がプニッとつまんでつぶして、また、笑う。

もう……っ! 完全に私のことからかってますよね!?

「ククク。あ、そだ。今さらだけど名前教えてくれない?」

「あっ、そうでしたね。私は、藤田綾乃です」

「藤田綾乃……だな。オッケー。って、どう考えても順番逆だよな。ごめん」

「いえいえ! そんなっ、ありがとうございます!」

……あぁ、ヤバイ。先輩に名前覚えてもらえたなんて、信じられないんですけど。

なんなのこの急展開は。本当に急すぎて頭がついていってないよ。

これは夢ですか、神様。……夢オチなんか絶対許さないけど。

「じゃ、じゃあ、先輩、お疲《つか》れさまです」

「あ、待って。送っていくよ」

「え……？」

想像もしていなかった返答に、口をだらしなく開けっぱなしにしてしまっていたことに気がついて、とっさに口をつぐむ。

嘘。先輩と帰れるの……？

「こっちでいい？」

「あ、はいっ！」

「小さいね。身長どれくらい？」

たわいもない話をしながらいつもの道を歩いていく。

かんかん照りの太陽。入道雲が夏の空を演出している。

……あぁ、ヤバイ、ヤバイ。いつもの帰り道が、全然違う景色のように感じる。

先輩と並んで歩く日がくるなんて、思ってもみなかった。

「じゃあね」

「送ってくださって、ありがとうございました！」

駅の改札前、ニッコリ笑って先輩と別れた。

先輩に背を向けて歩きだした瞬間に胸がいっぱいになって、苦しくなった。

ヤバイ、ヤバイ、ヤバイ！

胸を押《お》さえて、ホームに向かって足早に歩いていく。

初めて先輩と話をした。名前を覚えてもらった。駅まで送ってもらった。

ヤバイ、ほんと。ヤバイ。顔がニヤけてしょうがないよ。先輩のことを想うと、自分が自分じゃないみたいに感じる。でも全然嫌じゃないんだ。

心地よい胸のリズムも、先輩を想うと制御《せいぎょ》できない表情も。

修二先輩が好きだという、証だから。

胸いっぱいに広がる、あなたへの、想い。

「ふんふんふ〜」

鼻歌なんか、歌っちゃって。ハッと我に返るとあたりを見回して、下を向いて歩く。

はぁ、ちょっと落ち着こう。

「…………」

でも、ダメだ。とてもじゃないけど冷静になんてなれっこない。先輩のあの爽やかな笑顔が頭から離れてくれない。声も言葉も全部。

先輩、修二先輩……。好きです……とても、とても。

大好きです、先輩。

何度も何度も心の中で告白をする。目の前に先輩を思い浮かべながら。

いろんなシチュエーションで。

学校の校庭とか、誰もいない昇降口とか、それから教室も。

そして。

『俺も、好きだ』

なんて、先輩に言われて。ふたりは結ばれる。ハッピーエンドを何度も夢見た。

ふたり仲よく手を繋《つな》いで、遊園地でデートをして、抱《だ》きしめられたり、キスをしたり。

キャーって叫びたくなって頬を両手で包みこんだ。やだ、どう見ても私ってば変人だよ。これじゃあ警察に捕《つか》まる。なんて。

……でも、恋する乙女の妄想《もうそう》ってスゴイんだね。心が忙しい。コロコロ表情を変えていくように、心が弾む。でも、すっごく、楽しい。

これが現実になれば、いいんだけどなぁ……。なんて、ちょっと私欲張りすぎだな。

その日の夜は、幸せな気分でいつの間にか眠りに落ちていた。

【おはよう。今日の放課後もよかったら一緒《いっしょ》に帰らない？】

次の日の朝に送られてきていたSNSのメッセージを見て固まった。

……これ、夢じゃないよね？　また一緒に帰れるの？

ホントに？　嘘だぁ～……。

「……痛い」

ためしに頬をつねってみたけれど、ちゃんと痛かった。

寝《ね》起きは悪いほうじゃないけど、目がいっきにさえてしまった。

たまった唾をのみこむとベッドの上で正座して、スマホを操作していく。

【おはようございますっ！　やったぁ！　一緒に帰りましょう！　また昇降口のところで待ってます】

何度もおかしくないか確認して、誤字脱字《だつじ》がないかを何度も見てから送信したメッセージ。胸がドクンッと脈打つとともに幸せな疲労感《ひろう》が押し寄せてくる。

……はぁ、緊張《きんちょう》したぁー。こんなの、心臓が持たないよ……。

「はっ！　ヤバイ！　遅《おく》れるぅ！」

ふと視界に入った時計を見て飛び上がった。

思ったよりも返信に手間取っていて、いつの間にかこんな時間に。

慌《あわ》てて着替えたけれど、朝ごはんを食べる余裕《よゆう》がなかったから大好きなお母さんのスクランブルエッグは我慢した。

……食べたかったなぁ。おいしいのに、お母さんのスクランブルエッグ。

でもまあ……朝から先輩とメッセージのやり取りできたし、いっか。

「くふふっ！」

ゆるむ頬を隠しながら私は最寄り駅までの道を全力で走り抜けた。

……最高に、青春！　って感じ。
楽しくって、笑えて、幸せで。
毎日が先輩のおかげでキラキラしていた。
そんな矢先。
「ねぇニュース！　修二先輩、好きな子いるんだって‼」
……え？
私の耳《みみ》に飛びこんできた重大ニュース。
ガツン！　と浮かれていた頭の中をなにか硬《かた》いもので殴《なぐ》られたような感覚だった。
教室に入ってそう叫んだクラスの女子に、クラス中の女子が悲鳴をあげた。
私は驚《おどろ》きすぎて声をあげることすら、できなかった。
……そう、なんだ。
……そう、か。
修二先輩、好きな人、いるんだ……。
あぁ、なんだろう。すごく、泣きそう……。切ない。
涙《なみだ》をこらえるのって、意外とキツイんだなぁ。
そんな悠長《ゆうちょう》なことを考えながら、心の痛みに胸が張り裂《さ》けそう。
そうだよ、いるよ。好きな人ぐらい、先輩にも。

先輩との幸せな、自分に都合のいい妄想はいくらでも思いついたのに、なんでそんな簡単ことも想像できなかったんだろう。

バカだ、私。本当に。

この前ちょっと話して、連絡先を聞かれたぐらいで浮かれて舞い上がって。

「……っ……」

でも、先輩はやっぱりいじわるだ。

『素直で、かわいいね』

『ははっ！　いつでも話そうよ』

好きな子がいるならそんな言葉やしぐさで期待なんかさせないでよ。

先輩の、バカ。

なんで私にメッセージのＩＤ、教えてなんて言ったんですか。

なんで名前を聞いたりなんかしたんですか。

なんであの時私に、話しかけようと思ったんですか。

毎日一生懸命に部活の練習に励《はげ》む先輩を応援して、陰から見ているだけでいいって、そう思っていた。

たまに廊下ですれ違って、たまに目が合って、ドキドキして。

それだけで、よかったのに。

もう、戻《もど》れないよ……それでいいと思っていた私には。
【今日も部活来てくれるの？】
送られてきた先輩からのメッセージに返信することは、なかった。
少しずつ近くなってきていた距離に、胸が痛いよ……。
いつの間にか、欲張りになっていた。
もっと先輩に近づきたいって。もっと先輩の瞳《ひとみ》に映ってたいって。
ねえ、先輩、好きな子がいるなら、私に連絡してこなくていいよ。
無理に、相手してくれなくて、よかったのに。
だって、迷惑《めいわく》だよね？
好きな子がいるのに、私なんかが周りにいたら。邪魔《じゃま》でしょ？
好きな人の障害物になんか、なりたくないよ……。
その日も、次の日も、私が先輩の部活の応援に行くことはなかった。
会えないよ。
会いたいのに、会いたくない。
……だって。大好きなんだもん。
大好きで、大好きで、会ってない今でもこんなに気持ちがあふれていっているのに。
会ってしまったら、たぶん、もう止められない。

先輩に好きな人がいるって、わかっていても、迷惑かけちゃう。

どんどん近づきたくなって、どんどん先輩のこと知りたくなって、どんどん私のことも知ってもらいたくなる。

こんなの、好きな人がいる先輩にとって迷惑にしかならないよ。

嫌だもん。それだけは。せめて嫌われたくない。会えなくても、嫌われたく、ない。

＊＊＊

「ねえ」

「……!?」

一学期最後の日。終業式が終わった昼さがり。昇降口を抜けると、聞きおぼえのある低い声が私を呼び止めた。

えっ、修二、先輩……？

サッカー部の練習着を羽織った先輩が壁《かべ》に寄りかかるように立っていて、全然気づいてなかったからすごくビックリした。

まるで初めて会話をした日みたいだ。

「なんでメッセージ無視するの？」

「えっ？」

「なんで練習見に来ないわけ？」

不機嫌《ふきげん》です、と、言っているかのような先輩の表情に胸がドキリと痛くなる。

ほら、また。そうやって期待したくなるような言動。まるで連絡してくるのを待っていたみたいな。部活中も、私がどこにいるのか捜していたような発言。

もう、傷つきたくないから、心にバリアーを張る。

違うんだよ、きっと。先輩は優しいからそう言っているだけ。

久しぶりにこうやって会えたのに、そう思うとやっぱり切ないや……。

「い、行きませんよ……」

「なんで？」

「なんでって……」

……え、ちょっと待って。なんでこっちに歩いてくるんですか。

眉間《みけん》にシワを寄せた先輩がこちらに近づいてくる。ジリジリとせめ寄られて、思わず目をそらしてあとずさる。

「あの、ちょ……先輩？」

「俺、嫌われるようなことなんかした？」

「いや、あの、その……」

「なに、ハッキリ言ってよ」

言葉の端々にトゲがある。……怒《おこ》っているのが伝わってくる。

「先輩、好きな子がいるんですよね？」

「は？」

……これ以上は無理！　そう思って意を決して言ってみたけれど。

先輩の反応が、よく、わからない。見るのが怖くて顔を下に向けたまま、動かせない。

「いるけど」

やっぱり。いるん、ですね……。

「それがなにか関係あるの？」

「だって！　好きな子がいるのに、私なんかが先輩のそばにいたら、その……迷惑かなって……思って……」

やばっ、自分で言ってて泣きそうになってきた。ジワッとにじむ涙に、うつむいて唇をクッと噛《か》む。

存在感を放っていた太陽の日ざしが雲に隠れて、日影《かげ》ができる。

これで完全に失恋確定だ。でも、そうだよね。最初から私なんかが先輩の彼女になれるわけなかったんだ。もう、本当、少しでも夢見てた自分が恥ずかしい。

先輩の顔、もう見れない。

「俺さ、あんまり回りくどいの嫌いだし、勘違《かん》いされるくらいなら言うけど……俺が好きなの、君だよ」

……え？

言われた言葉の意味が理解できなくて、一瞬、思考回路が停止した。

なんて、言ったの、今。

先輩が……私を……好き？

思わず顔を上げて見ると、先輩が優しい笑みを浮かべて私のことを見てくれていて。

「ほんとだよ。俺が好きなのは、藤田綾乃ちゃんだから」

「嘘……」

「嘘じゃないよ。部活見に来てくれてるの知って、かわいいなってずっと思ってた。んで実際話したら思ってたより素直で真っすぐでいい子だなって思ったんだ」

そんなのって……そんなのって……。

とても信じられない。

え、なに、これ夢？　まさかの夢？

「俺と付き合ってくれますか？」

ギュッと握《にぎ》られた手。真剣なまなざしにまばたきを繰《く》り返す。

じんわり、胸の中に温かいものが広がる感覚がする。

「……お願い、します」

なんて言えばいいかわからなくて。

しぼり出すように言うと先輩が「ふはっ！」と、安心したように笑ってしゃがみこむ。

「せ、先輩……？」

「あー、マジ緊張したぁー……」

髪の毛をくしゃっと握りしめると私を見上げて「ダサいな、俺」って無邪気な笑いにボッと顔が熱くなる。

握られたままの手に力がこもる。

たまった唾《つば》をのみこんで、私も先輩と目線を合わせるようにしゃがみこんだ。

「先輩も、緊張したり、するんですね……」

「するよ！　好きな女の子とのメッセージのやり取りなんて心臓もたないから！」

「え!?　そうなんですかっ？」

「……引いた？」

上目遣《づか》いなんて、かわいいです、先輩。

自分と同じことを思っていたなんて、うれしくて、そしておかしくてくすぐったい。

「ふふっ、引かないです。もっともっと好きになりました」

本当です。憧《あこが》れの先輩も、私と同じように緊張したり、怒ったりするんだと思ったら、安心したし、なにより愛しく感じました。カッコいいばかりの先輩を見てきたけれど、これからはそんなかわいい先輩ももっと見つけていきたい。

汗びっしょりになりながらも、ボールを一生懸命追いかける先輩が好き。

笑った先輩が、好き。

こんなふうにかわいい先輩も、好きで。

先輩のぜんぶが好きになった。

先輩を傷つけるものからぜんぶ守りたくて、そばにいたいって思ったんだ。

……清瀬くんのラブレターみたいに、純粋な気持ちでした。

なのに、いつから私たちはすれ違ってしまったんだろうね、先輩。

3

時間の問題？

――ピリリリッ。

スマホのアラームが枕《まくら》もとで鳴る。スライドさせて止めると、画面を見た。

……先輩からのメッセージ、今日もきてないなぁ。

「はぁ……」

ため息をひとつついて、布団から出た。

前は先輩の【おはよう】のメッセージから一日がスタートして、【おやすみ】と私が送ってから一日が終わっていたのに。

いつからメッセージはこなくなったっけ。

去年の夏の大会が終わって、先輩が部長になったあたりからだっけ……。

だんだんとメールのやり取りが減って、今年に入ってからついには返信すらこなくなった。

好きになったばかりだった頃はすごく楽しかったのになぁ。

昨日見た清瀬くんのラブレターみたいに、私の恋もキラキラしていた。

でももうわかんない。なにも、わかんないや……。

「行ってきまぁーす」

いつものようにお母さんのスクランブルエッグとトーストを食べて家を出た。

いつもと同じ風景。緑の木々が連なる並木道を歩いていくと最寄りの駅が見えてきて少しだけ早歩きをした。乗り遅れても十分間に合うけれど、次の電車は込むからなぁ。

電車に乗りこんでしばらく揺《ゆ》られて着いた駅。

「……ん？」

電車を降りてすぐ、隣の車両から出てきた見覚えのあるうしろ姿に首をかしげた。

あのハチミツ色の髪の毛は……。

「清瀬くん？」

思わず口に出すと、聞こえたのか彼がこちらに振り返った。とたんに眠《ねむ》そうな顔が花を咲《さ》かせるようにパアッと明るくなる。

そのしぐさも、まるで小犬のようだった。

「おはよう！　藤田！」

「なんでいるの⁉　昨日駅の前で別れたよね？」

「あー、うん。ここでいいって言われてなんか俺も同じ電車乗ってるって言いづらくなっちゃって……」

ポリポリ頬を人さし指でかく彼に目を見開いた。

言ってくれればよかったのに……！

「知らなかった。同じ電車だったんだね」

「うん。俺は知ってたけど。たぶん藤田のひとつ前の駅から俺は乗ってる」

「へぇー、そうなんだぁ」

知らなかった。学年一の人気者と同じ電車だったことに気づかないまま、一年間も通学していたなんて。

そんなことを考えながら、自然な流れで私の横に並んで歩く清瀬くんを見る。……私って鈍感《どんかん》なのかな。

「ふぁわぁあ～」

「あくび？　眠たいの？」

「んー、昨日遅くまでゲームしちゃってさぁ」

「ダメだよ、ちゃんと寝ないと」

「母ちゃんみたいなこと言うんだな」

母ちゃんって！　ひどいな！　これでもピッチピチな高校二年生なんだけど！

ジト目でにらむ私のことなんか気にせず眠そうな目をこする清瀬くん。

まあ、いいけど。

「あ、藤田はこっちね」

定期券をかざし改札を抜けて外に出ると清瀬くんがそう言って車道側を歩く。

あ……もしかして、危ないって気を使ってくれた？

「ありがとう」

「どういたしまして」

清瀬くんの気づかいにドギマギしてしまう。たった今お母さん扱《あつか》いされたのに、今度は女の子扱いしてくれるんだ。

天真爛漫《てんしんらんまん》で少し天然っぽいのに、こういう紳士《しんし》的なこともできるなんて。女子力ならぬ、男子力だな、これは。そりゃモテるよね。

たしか、うちのクラスにも清瀬くんのことを好きだって言ってた子がいた気がする。

「それで、ラブレターはどうしたの？」

「んー、大事に保管してあるよ。渡すつもりないけど、なんか、捨てらんねぇし」

「そっか。よかったぁ」

「なんで？」

「あっ、いや……」

考えるより先に思ったことが口から出ていて、焦って口をつぐむ。

私って、こういうの、本当に多い。気づいたら口に出していたとか。

「いや、えっと……あの手紙、ホントに感動したから捨ててたらもったいないなぁーって思ってたんだよね！」

慌てて早口になっちゃったけれど、でもこれは、本当のこと。

捨てられていたら、かわいそうだなって。

素直で、キラキラしていて、感動したから。

個人的に捨ててほしくなかった。できたら好きな子のもとへ渡ってほしい。

「そんなによかった？　アレ。書くときマジで緊張して手震えたもんなぁ」

「伝わったよ。真剣なんだって。絶対渡したほうがいいよ」

「いや……今はやめとく。脈ないのわかるし。マジで真剣だから、玉砕《ぎょくさい》したくない。

マジで幸せにしてやりたい」

……うわぁ、すごいなぁ。

聞いているこっちが思わず赤面しちゃうようなセリフ。

この言葉を聞いたらその子、うれしくて泣いちゃうんじゃないのかな。

私も言われたいよ、そんなこと。できれば、修二先輩に……。

「……って、また俺恥ずかしいこと言っちゃった!?」

耳まで赤くなった顔を手で隠した清瀬くんが「見んなよー」って、そんなの無理。

隠しきれてないことを教えてやりたい。

本当に純粋なんだなぁ。好きな子にとことん真っすぐで、素直で、純粋。

もうちょっと掘《ほ》りさげて聞いてみたい、かも。

「あのラブレター、どんな気持ちで書いたの？」

「え?」

「本当に感動したから、知りたいの」

私の問いに、似合わない難しそうな顔をして「うーん」と、うなる清瀬くん。

「友達にそそのかされたっていうのもあるけど、でも最近その子、とくに元気なくてさ。気になってしょうがなくて。気持ち、伝えたいなって、そう思ったんだ」

うん、その真っすぐな想いは、ラブレターにちゃんと反映されていた。

伝わったよ、少なくとも私には。拾って、その思いを受け取ったのが私で本気で申し訳ないけれど。

赤い顔を手であおぐ清瀬くん。それは意味あるんだろうか?

そう思うとやはりどうしてもおかしくて、笑ってしまう。

「あー!　藤田また笑ってる!」

「だって……!」

「バカにしてんだろぉー」

「してない!　ほんとに!　尊敬してる!」

「えー、嘘っぽいんだけど」

なんで伝わらないんだ!　こんなに尊敬してるっていうのに‼

学校に近づくにつれ、同じ学校の制服を着ている人がちらほら増えてきた。

「清瀬くんに告白されたら、女の子は絶対オッケーしそうだけどなぁ」

「それはない‼　あり得ないっしょ‼」

まさかの、モテてている自覚なし……？

「その女の子とはよく話したりするの？」

「んーいや、ほんと言うとあんまり話したことない」

「そうなんだ！」

「そうなんです。だから脈ないってわかるんです」

でも告白はしようとしたのね。

どんな子なんだろう。

聞きたいけれど、どうせ昨日みたいに教えてはくれないんだろうなぁ。

「よく笑ってるイメージなんだけどさぁ、たまにムリに笑ってるときがあるんだよ。だから俺が幸せにしてやりてぇ！　って思うんだ」

「よく見てるね」

「そりゃあな。いつも捜してる。目が合ったらラッキーって思うし、ムダに歩き回ってその子の前を通ったりしてる。ウケるっしょ？」

それ、私にも思いあたる節がある。

まるで先輩に片想いしていたときの私みたいだ……。

本気で好きなんだ、その子のこと。

「わかるよ、その気持ち。その人のこと見ていたいし、見てもらいたいんだよね」

「そうそう！　気づいてもらいたくて、友達と話してたりしててもムダに声大きくしたりしてさ！」

「ふふっ、わかるわかる！」

ここにいますよアピールだよね。

少しでも気づいてほしくて。少しでも近くにいきたくて。少しでも長く先輩を見ていたくて。頑張っていた。

今ではその時期がすごく懐《なつ》かしく感じる。まだ一年しかたっていないのに。

「俺たち気が合うな」

「本当だね。なんで今まで話したことなかったんだろう？」

「んー、同じクラスになったことなかったしなぁ」

うん。たしかに。でも清瀬くんに想われている女の子は幸せ者だよね。

こんなに大切に想われていて、うれしくないわけがない。

伝われば、きっと、うまくいくんじゃないかなぁ。

笑顔がいっぱいだとか、守ってあげたいとか、こんな深い清瀬くんの気持ちは「好き」の二文字じゃとても表せられない。足りないね。

そう思うと「好き」の中に込められたものが大きくて、心が震える。

横にいる清瀬くんの横顔が凛《りん》として見えて、なんか、ドキッとした。

カッコよく見える。……いや、実際カッコいいんだけど！

そうじゃなくて。なんて言うんだろう。

中身というか、心もカッコよくて。内面からにじみ出るそれが顔つきとか清瀬くんから放たれる雰囲気《ふんいき》からも伝わってくる。とても大人びて、見えた。

「あんまりガツガツしすぎても引かれそうで嫌なんだよなぁ」

「そうなんだよね」

「はぁ、どうしよぉ……」

となりでガクッとうなだれたように本気で悩んでいる清瀬くんに、私もなんとか力になりたいと思った。

だけど相手を知らない以上、あまり詳《くわ》しい戦略は立てられそうにない。

やっぱり誰が好きなのか知りたいな……。

でも清瀬くん、好きな人のことは頑《かたく》なに教えてくれないんだよね。

「うまくいくといいね」

「サンキュー。つーか藤田って優しいよなっ！」

「えっ⁉」

や、優しい⁉　私が⁉　いきなりなにを言いだすんだ……！

そんな満面の笑みで、言われても。

不覚にもドキッとしてしまった私がいた。

小犬みたいな顔でそんなこと言われると……ダメだ、恥ずかしい。

「あっれ～！　めずらしい組み合わせじゃん」

もうすぐで学校に着くというタイミングでかけられた声。

聞きなれたその声に振り向くと、そこには友達のユカが歩いてきていた。

「ユカ……！」

短いミルクティー色の髪の毛は綺麗なストレート。目鼻立ちがパッチリとしたかわいい女の子。

カラフルなシュシュで前髪を結んだユカが私と清瀬くんのツーショットを見て首をかしげた。

「綾乃と太陽って仲よかったっけ？」

「へ⁉　あ、いや、昨日たまたま……ね？」

「そ、そう！　たまたまだよな⁉　ハハハハハッ」

……あぁ、ダメだ。ふたりとも破滅《はめつ》的に嘘が下手すぎる。

でもユカはそれにまったく気づく様子もなく「へぇー、そうなんだぁ！」ってニコニコしていて、助かった。

清瀬くんのラブレターをたまたま私が拾って恋愛《れんあい》の話をするようになりましたなんて、口が裂けても言えない。清瀬くんの名誉《めいよ》にかけても。

「でもユカも清瀬くんのこと呼び捨てにして……仲いいの？」

「太陽と私は中学の頃から一緒だからねぇ～」

ユカの言葉に数回うなずいてみせる。

ほうほう。そうなんだ。それは初耳だ。

「でもいいの？　朝からほかの男とふたりで登校だなんて」

「え、なんで……？」

「なんでって……先輩に情報が行ったらめんどうなことになるんじゃないのー？」

かわいらしく首を横にかしげるユカに口を閉じた。

先輩に、清瀬くんとふたりで登校していることが知られたらマズイ？

なんで？

「……大丈夫《だいじょうぶ》だよ。先輩は、私のことなんてもう忘れてるから」

そうだよ。関係、ないよ。きっと、先輩は私に興味ないんだから。私のことなんか、もう忘れている。

最後に話したのは、おととい、学校の廊下ですれ違ったとき。

『おう、久しぶり』

そう笑顔で言われた。

どうして？　おかしいとは、思わないのかな。

彼氏と彼女なのに、久しぶりって会話は、どう考えてもおかしいよ。

遠距離《えんきょり》恋愛しているわけじゃないんだから。

『……っ……』

私はなにも言うことができなかった。

苦しくなって、切なくなって、その場を駆け足で通り過ぎた。

私最近変なの。先輩と会えてもうれしいって感じないの。

会いたいと思うよ。話したいって思ってるよ。

だけど苦しいんだ、本当は。サッカー部の部長やっていて忙しいのは、わかる。

受験生の先輩は、部活が終わって塾《じゅく》にも行っているしね。

わかっているつもり。先輩の事情、すべて。

だけど、私は寂《さび》しいんだよ。

先輩。私はあなたの中で何番目に大切な存在ですか……？

こんなこと実際に聞いたら嫌な思いさせるってわかっている。重い女だって、そう思われるに決まっている。

でもね、あと回しにされ続けたら、私の心だって冷えていくんだよ。

愛されたいと思うから。

せっかく付き合っているのに、こんなんじゃ意味ないよ。

時間だけが過ぎて、私たちにはなにも残らない。

「藤田ー？　だいじょーぶかぁー？」

黙《だま》って先輩のことを考えていた私に届いた能天気な声。

はっとして顔を上げると清瀬くんが私の顔を覗《のぞ》きこむようにしていて。

慌てて「ごめん！　ぼうっとしてた！」と、おどけて笑ってみせた。

いけない。考えないように、しなくちゃ。

最近になって先輩のことを考えるたび、先輩への気持ちがすり減っていっているのがわかって嫌なんだ。

もっといい人がいるんじゃないかって、考えてしまう。

……そう、たとえば。

清瀬くんみたいに好きな子のことで一生懸命悩んでくれる男の子とか。

笑顔にしてあげたいって思ってくれる優しさとか。

私も、もっと大事にされたいって、思っちゃう。

清瀬くんの純粋でひたむきな想いを乗せたあのラブレターを拾ったとき、たしかに私の胸は高鳴った。
うらやましいって、少し考えもした。
先輩への気持ちがなくなるのは、もう時間の問題なのかもしれない。
……だから先輩、早く、お願い。私の心をもう一度奪いに来てよ。
お願い。あんなに好きで、一生懸命片想いしたのに、嫌いになんかなりたくないよ。
春はいつも温かな気持ちを運んでくれていたのに、今はすごく切ないや……。
先輩、私たちはどこで間違ったんだろうね。
私はどうしたらいいかわからないよ。先輩の気持ちが知りたい。
悩んで悩んで、時間だけがむなしく過ぎていく。

4
逆に恋愛相談

先輩に私の気持ちに気づいてほしくて、放課後に部活の応援に行くのをやめた。

前に『なんで来ないんだよ』って怒られたのを思い出して、もしかしたら気づいて連絡してくれるかもしれない。そう、思ったから。

だけど、一週間待っても、一ヶ月待っても、それらしい連絡はなくて。

連絡がきても【ごめん、忙しくて連絡できなかった】【連絡できない。電話も】

そっけないメッセージばかり。

もしかしたら、私が部活の応援に行かなくなったことに気づいてすらいないのかもしれない。

そう思うと、私への想いがもうないんだって悲しくなった。

別れ話がこないだけいいのかもしれないって言い聞かせてここまできたけれど。

……もう限界なのかもしれない。そう思っても、やっぱり別れたくなくて。

先輩が好きだから信じたい。だけどどうしようもなく寂しくて気持ちが揺らぐ。

ほかに私をもっと大切にしてくれる人がいるかもしれない。

私もその人のことを先輩よりも好きになれるかもしれない。

やっぱりそんなことが頭をよぎったりする。

だけどそんなことを考えてしまう自分にも嫌悪《けんお》感がして、たまらない。

【先輩、別れましょう】

お風呂《ふろ》から上がってすぐ、ベッドの上。うつ伏《ぶ》せになってスマホの画面とにらめっこ。時刻は午後八時を少し過ぎたところ。

アプリを開いて打った文字。

まだ、送信はされていない。というか、送る気は……ない。まだ、送れない。

「……はぁ」

ため息をついて、その文字たちを消した。仰《あお》向けに横たわると無意味に天井《てんじょう》を見つめる。

……送れるわけないいじゃない。だって【わかった】って返信がきそうで、怖《こわ》いんだもん。

もう、先輩の気持ちがよく見えない。自分自身の気持ちすらも、よく見えないよ。

別れたくないけど、このままじゃダメだって思っている。

このままモヤモヤしたままじゃ嫌だもん。明確な答えが欲しい。

私たちはもうダメなのか、それともまだやり直せるのか。

だけど、どうしても先輩を前にするとなにも言えなくなる。

その答えを聞いて、繋がりが消えるのが嫌なんだ。

まだ先輩と繋がっていたい。たとえ先輩が私のことをもう好きじゃないとしても。

私が先輩のことを前ほど想っていないとしても。終わるのが、嫌だ。怖い。

なんなんだろう、この気持ちは。モヤモヤしてしょうがない。

……あぁ、もうヤダ。つらいよ、先輩……。涙が出てくる。胸が、切ないよ……。

もう、先輩のことなんて、忘れてしまいたい。

恋のリセットボタンがあるのなら迷わず押すのに。

声を噛み殺しながら流す涙に心がしみるように痛む。枕にしみができていくのを、もうろうとする意識の中見ていた。

こんなに苦しいのなら、先輩に恋をする前に戻りたい。

——ピリリリリッ。

あっ……。

いつものアラーム音で目が覚めて、いつの間にか眠っていたことに気がつく。

カーテンのすき間から漏れてくる朝日がまぶしい。身体がダルいや。泣きながら寝ちゃったのかな。

「ひどい顔……」

洗面台の鏡に映った自分の顔に苦笑い。目は腫《は》れているし、顔色も悪い。

ポーッとして頭もうまく働いてくれない。もたもたしたせいでお母さんの朝ごはんを食べ損ねた。最悪だ……。

「行ってきまーす」

空腹のまま家を出た。

ああ、大好きなお母さんのスクランブルエッグ食べたかった……。

なんて思いながら駅までの道を行き、電車に飛び乗った。

いつもより道のりが遠く感じられたのは気のせいだろうか。

「藤田！」

ふぅーと息を吐《は》いた私の肩を軽く叩《たた》いたのは清瀬くんだった。

席はまんべんなく座られていて、いつも座れない。きつきつの満員というわけではないけれど。

ドア付近の手すりにつかまるのが私のお決まり。彼が笑顔だったから、こちらも硬くなっていた口角を上げることができた。

「おはよう、清瀬くん」

「はよ。藤田、なんか今日顔暗くね？」

眉尻《まゆじり》をさげて心配してくれる清瀬くんに思わず視線をはずしながらあごを引く。

あれ、うまく笑えてなかったかな？　できればそこには触れないで、ほしいんだけど……。

「そ、そんなことないよっ？」

「そんなことあるよ」

……なんで引いてくれないの。放っておいてほしいのに。

ズケズケと心の中に土足で入ってこようとされているみたいで、なんだかイラッとした。

こんなの、八つあたりもいいところだ。清瀬くんは、なにも悪くないのに。むしろ心配してくれているのに。

「泣いた？」

「……えっ」

いつもより低く、少しかすれた声。すごく真剣で耳に優しく響《ひび》いた。

「泣いたでしょ。目、腫れてんもん」

目もとをさしながら言った清瀬くんの顔があまりに近くて顔が熱くなる。

ち、近いよ……っ。

「な、泣いてなんか……っ」

ないって言おうとした瞬間、電車がグラッと揺れて思わず転びそうになる。

ヤバイッ――。

そう思ったとき、清瀬くんがとっさに私の身体を支えてくれて。

ふんわりと、清瀬くんから甘《あま》い香りがした。香水とか、そういうのじゃなくて、柔軟剤とか、シャンプーのいい香り。そして背中にそえられた左手と、腕《うで》を掴む右手が力強い。

——ドキッ。

「………」

「大丈夫か？」

優しい問いかけにうなずくだけで精いっぱいの私。彼のおかげでなんとか転ばずにすんだ。危なかった……。

清瀬くんが手を離し、距離をつくる。

胸がこんなにもドキドキしているのは、急に転びそうになって驚いたからだよね？

「ありがと……」

華奢《きゃしゃ》に見えて、掴まれた腕とか意外と筋肉質で、なんか私の中で清瀬くんは小犬の印象だったから。……調子狂《くる》う。

と、その時。グゥウウッと、なんとも間抜けなお腹の音が鳴り響く。

カアァッとまた顔が一段と熱くなる。

「くっ……ふっ……」

「……もう、我慢せずに笑ったら？」

「くくくっ、あっははは！　もうムリ！　え、なに！　お腹空いてんの藤田⁉」

人目も気にせず涙まで流して笑う清瀬くんをキッとにらみつける。

本当に笑ったし！　この人‼　信じられない！

「だってっ、しょうがないじゃん！　お母さんのスクランブルエッグとトーストとハム！　いつもの朝ごはん食べ損ねちゃったんだから！」

「お母さんのスクランブルエッグ……！　くふふっ！」

「もうっ、なにっ！」

なにを言っても、大笑いされる。なんなんだ、この無限ループは。

「いやっ……なんか、かわいくて……？」

……そこ、なんで疑問形なのさ。

おかしそうに片方の眉をさげて、口もとをグーで隠して笑う清瀬くんにムカムカするけれど、なぜか許しちゃう。彼の愛嬌《あいきょう》のある笑顔には、完敗だ。

「じゃあ朝めし食いに行っちゃう？」

「へ？」

私の間抜けな声が出たのもつかの間。

突然グッと私の手を取って清瀬くんが引っぱるから、本来降りるべき駅のひとつ手前で私たちは下車してしまった。

え……⁉

時間が押しているのか、すぐに閉まってしまった扉《とびら》。そして発車していった電車をあっけに取られながら見送る。

ああ……!!

「ちょっと！　行っちゃったよ……？」

「うん、そうだね」

いやいやいや！　そうだね、じゃなくて……!!　学校はどうすんの!?

「腹が減ってはなんとやら、だよっ！　行こう！」

「ちょ……っ」

また強引にも私の手を引いて、清瀬くんが歩きだす。握られている手がジンジン熱い。

ゴツゴツした清瀬くんの手が大きくて温かい。血管も浮き出ていて、カッコいい。

斜《なな》めうしろから垣間《かいま》見える清瀬くんの表情がいつも以上にご機嫌そうだったから。

もう……知らないんだから……。

潔く、あきらめた。

「ここら辺に俺の知り合いがやってる店があるんだよなぁ」

「へぇー……」

そう、なんだ……。

ていうかさ、ていうかね？　この手は、いつまで繋いでるつもりなの？

下車してからずっと握られたままの手を見る。

「あのぉ、清瀬くん……手ぇ……」

「んー？　……あっ、悪りぃ！　つい！」

パッと、反射的に放された手。

清瀬くんは恥ずかしそうに「無意識だった……！」って赤くなった顔を右手で隠している。

私はなくなった力強い温もりに、少しだけ寂しさを感じた。

「マジで、ごめんな……!?」

「いや、そんなに謝らないで……。大丈夫だから……」

焦ったように必死になって何度も頭をさげて謝ってくる清瀬くんに、私まで腰が低くなる。

本当に、大丈夫だから……！　落ち着いて……！

「ごめんな？　嫌な気持ちにさせた？」

「いやっ本当に大丈夫だから！　むしろなんかうれしかったから！」

「は？」

「へ？　……あっ」

しまった。なにを言っているんだ、私は。また思ったことを口走っていた。

今さら口を覆ったって、出てしまった言葉は引っこんではくれないのに。

あまりの恥ずかしさに体温が上昇していっているのがわかる。きっと顔は真っ赤に違いない。穴があったら入りたいぐらいだ。いやむしろ穴を掘ってでも入りたい。もう地球の裏側までだって掘り進められそうなくらいだ。

「いや、あの、今のは……言葉のあやというか、その……っ」

「……ふっ、くく！」

なっ、ちょっと、そこ！　なに爆笑してんの……っ⁉

もうダメだと言わんばかりに、清瀬くんはお腹をかかえて、ついには自分の膝《ひざ》をバシバシ叩きながら笑いだした。

恥ずかしさと怒《いか》りで頭の中沸騰《ふっとう》しそう。

「そんなにっ、笑わないでよぉ……！」

「だって、藤田……焦りすぎなんだもんっ！　ふっ、ははは！」

「……っ……」

なんなのさ、もう。笑いたければ笑えばいいじゃん。

……焦るよ、そりゃ。

『むしろなんかうれしかったから！』

だってそんなこと思っていたなんて、自分でも知らなかったのに。

勝手に言葉になって出てきたんだもん。

焦らないわけないでしょ……。

……私の中に、清瀬くんに手を握られて、うれしいって思う感情があったなんて、知らなかった。

自分のじゃない温度が、ゴツゴツした男らしい手から伝わってきて。

ドキドキしないわけない……。

「定休日……!?」

驚いたような彼の声。

清瀬くんの知り合いがやっているというお店の前、ドアにかけられた【定休日】と書かれた板のようなもの。

目を大きく見開いている清瀬くんに、先ほどのお返しと言わんばかりに今度は私が声を出して笑う。

「くっそぉ……。俺、カッコ悪すぎ……」

「ふふふっ」

「笑うなよぉ！」

いじけたような清瀬くんの態度が、またしても琴線《きん》に触れる。

どうしよ、笑いが止まんない……！

顔もカッコよくて、背も高くて、人なつこい笑顔。フレンドリーな性格。

人気者の素質ばかりなのに、どこか決まらない。

ドジで少し抜けていて、真っすぐで純粋。

そんなところを含《ふく》めてきっと清瀬くんの魅力なんだろうなぁ、としみじみ思った。

完璧《かんぺき》すぎないところに、好感を持てる。

「もうコンビニで買っちゃおうよ」

「ごめんなさい……」

「ふふっ、いいって！　楽しいから」

心からそう思って言っているのに、それでもなお申し訳なさそうに眉尻をさげる彼に「行こう！」と、今度は私が彼の手を引く。

……楽しい。自然と、笑顔になっていっているのが自分でもわかるぐらいだ。

先輩以外の男の子とふたりきりだなんて……これって浮気《うわき》になるのかな？

いや、浮気じゃないでしょ。だって私には先輩がいて、清瀬くんには好きな子がいる。

私にとって清瀬くんは……友達でしょ？

お互《たが》いになんの感情もないわけなんだし……。

「…………」

本当に？　なにも、ない？

こんなに楽しくて、ワクワクして、ドキドキしているのに。

……それ以上は考えるのをやめた。引き返せなくなるのが、嫌だったから。

でも、先輩以外の男の子とふたりきりでどこかに行くなんて、本当に初めて。

先輩が初めての彼氏だし、中学生の頃から団体で遊びに行くことはあっても、男の子とふたりきりなんて一度も。だからかな？　すごく新鮮《しんせん》に感じるのは。

初めて学校をサボっていることもきっとあるんだろうけど、コロコロ変わる清瀬くんの表情を見ているのも、やっぱり楽しいんだよね。

「いらっしゃいませ」

そしてたどり着いたコンビニ。中に入るとそれぞれ欲しいものを物色。

「なんか視線感じるね」

「だな」

レジに並んでお会計中。制服を着ているからか、いろんな人からの視線を感じた。

でも、たまにはこういうのもいいのかな……。

お母さんにバレたら相当怒られるんだろうけど。

「ありがとうございました」

コンビニを出て清瀬くんが立ち止まるから、私も立ち止まった。

あー、今日は本当にいい天気だ。

空が青くて、雲ひとつない。晴天とはこのことを言うんだろうな。

「うし、どこで食べようか？」

「どこか広いところで食べたいよね」

私は、サンドイッチとカフェオレを買った。

清瀬くんはお弁当と、それとは別にパンも買っていて、さすがは男の子だなぁなんて感心してしまう。

よくそんなに胃に入るよね。自分に置きかえて考えると鳥肌が立った。

「あっちに行ってみよーぜ！」

「うんっ！」

本当に行きあたりばったり。予定になかった今のこの状況《じょうきょう》に、なんだかウキウキする。

清瀬くんに手を引かれて電車を降りたときはあぜんとしてしまったけれど、楽しんでいる自分に少しビックリ。

だって、どちらかというと、自分は真面目なほうだと思っていたから。

スカートは少しだけ短くしているけれど、それ以外は校則をちゃんと守っているし。

学校をサボっている罪悪感が心地いいだなんて、やっぱり今日はちょっとおかしいかもしれない。

一緒にいるのが、清瀬くんだからかな？

「わあ！　いいね、ここっ！」

コンビニから少し歩いて、偶然《ぐうぜん》たどり着いた場所。高台にある自然豊かな丘《おか》。人工的にじゃなく、自然に育ったと思われる草花の中央に大きな木。その周りを囲むようにして、ベンチが置かれている。

空が大きくて、綺麗に見える。街も、見おろせるような、そんな丘で清瀬くんとふたり肩を並べている。

「いい場所見つけたね」

「俺ら運いいんじゃね？」

清瀬くんと顔を見合わせるとクスクス笑いあった。そしてベンチに腰をおろすと待ちに待った朝ごはん。

……もう授業、始まってるなぁ。普通だったら数学の授業を受けている時間なのに。

私たちはこんなステキな場所でごはんを食べている。

そう考えると、とても不思議な気分。ついこの間まで話したこともなかったのに。

こうして一緒に学校をサボって、こんな綺麗なところでごはん食べているんだもん。

笑っちゃうよね。現実に起こっていることなのに、夢を見ているような気がして、なんとも言えない。

「なに笑ってんのー？」

「んー、なんか楽しくて」

「さっきから藤田、楽しいしか言ってないよ」

「ほんと？　でも本当に楽しい」

昨日の夜、泣くほど悩んでいたのが、嘘みたいに楽しいよ。

「ありがとうね、清瀬くん」

「ん？　なにがぁー？」

口をもぐもぐさせてる清瀬くんがおかしくて、また、笑った。

そんなに頬張らなくてもいいじゃん。ごはんは逃《に》げていかないのに。

「連れ出してくれて。おかげで元気出た」

「ほんと？　よかった。昨日先輩の話したあと藤田、様子がおかしかったし、今日は目腫らしてくるし、なにげに心配してた」

大きな清瀬くんの目と目が合う。息を短かく吐くように笑った。

……心配してくれてたんだ。

パックのカフェオレにストローをさして、ひと口。甘くも苦い味が口いっぱいに広がる。まるで恋みたいだと思った。

「聞いてもいい？　先輩とうまくいってねぇーの？」

「まだいいって言ってないし」

「あ……悪りぃ……」

「いーよっ、べつに」

少しだけ目線をさげて、口角を上げる。

となりにいる清瀬くんはお茶を飲むと口もとを拭《ぬぐ》って、私のほうを見ていた。

「先輩とね、全然連絡取れてないんだ。デートも、初詣が最後。たまに学校ですれ違うぐらいにしか会えてないし……」

連絡が欲しくて、でも、こなくて。

会いたくても、放課後も土日も部活に塾に忙しくしているから、デートの時間なんて、なくて。

忙しいのは、わかってる。わかってるけど……でも……。

「先輩を好きでいるのがつらい……」

寂しいんだよ。すごく、すごく。好きで、好きだからこそ。たまらなく不安になる。

連絡がこない間に私のことなんか忘れて、好きじゃなくなっていたら、どうしよう。

ほかに好きな人ができたら、どうしよう。

今度会ったときに、別れようって言われたら、どうしよう。

そうやって頭の中でぐるぐる考えて、返事がこないことにたまらなく切なくなって、涙まで出て。

もう私のことなんか大切じゃないんだとか。

私のことをいつもあと回しにして、部活とか勉強のほうが大事なんだとか、卑屈《ひくつ》になったりして。

片想いのときは、あんなに楽しかった恋なのに。

今は、好きなのが、こんなにもつらい。

もう、疲れちゃった……。

心がすっかり干からびてしまったみたいに、ただ、なんとなく。

先輩への気持ちにすがっている。

「そっかぁ……やっぱり藤田もつらい恋してんだなぁ……」

清瀬くんの声が優しくて胸がつまる。ギュッとして、涙を誘った。

……我慢しなくちゃ。泣いたら、困らせちゃうでしょ？

「俺はさ、好きな子には笑っていてほしいって思うタイプだから、先輩の気持ちはよくわかんねぇけど、でも、藤田が信じたいなら信じろよ。とことん。んで、言いたいことはぶつけてけ！　会いたいとか、寂しいとか。そうゆーの、受け止めるのが男だからさ！」

「……っ……」

「それで引く男なら藤田のこと、幸せにできるほど器のでけぇー男じゃなかったってだけだし。受け止めてくれたら、そのまま甘えればいいと思うよ？　でもさ、それでもダメでつらいときは俺に言え。な？　俺も男だし。とにかく我慢すんな」

清瀬くんの男らしい言葉に我慢していた涙がポロポロ出てくる。

「女のワガママを、受け止めるのが男ってもんよぉ！　ハハハ！」

豪快《ごうかい》に笑ったあと、ふっ……と、こぼすような笑みを浮かべて私の頭をなでる清瀬くんの大きな手から優しさが流れてくるように、胸にじんわり温かいものがあふれる。

なんだろう、これ……。

温かくて、優しくて、大切にしたくなるようなエネルギー。

私、この感情を知っている。

でも、まさか、ね。

「俺、藤田の幸せ願ってるから」

「ん、ありがと。清瀬くんも、好きな子とうまくいくといいね」

――ズキッ。

あれ、なんで……？　なんで今胸が痛くなったの……？

胸の誤作動に疑問を覚え、そして戸惑《まど》う。今のはきっと間違いに決まっている。

　だって私は清瀬くんの恋を心から応援して……。

「おう！　サンキュー。俺も頑張らなきゃなぁ」

　まるで太陽のような明るい笑顔。清瀬くんの笑顔は、いつだって私なんかと比べ物にならないぐらいまぶしい。

　まぶしいほど、好きな人に真っすぐで、けなげ。いつも明るくて、元気で、そばにいるとこっちまで笑顔になれる。……その笑顔に近づきたいだなんて嘘だ。

　心が弱っているから。弱っているから、清瀬くんの魅力に惹《ひ》かれているんだ。

　きっとそうだ。

　清瀬くんの明るさや優しさに私の心が甘えているんだ。

「今から電車乗れば午後の授業には間に合うっしょ？」

「そう、だね……」

　だからまだそばにいたいだなんて、そんなバカげたこと考えてるんだ。

　……ダメだよね、こんなの。清瀬くんにはちゃんと好きな女の子がいて、私には先輩がいるのに。

　ちょっと好きだなぁとか。

　清瀬くんに好かれたら、清瀬くんのそばにいられたら……めちゃくちゃ大切にされて、幸せなんだろうなぁとか、そんなこと、考えちゃダメだよね？

「藤田、俺さ、ちょっとマジで頑張るからさ」

「うん?」

「応援シクヨロ!」

電車に揺られて、席は空いていたけれど、ひとつの駅で到着《とうちゃく》だから立ったままでいた。

清瀬くんがそんなことを言いながらいきなり親指を立ててドヤ顔をするから笑いをこらえきれなかった。

「うん、応援してるね……っ」.

「なんで笑ってんだよっ!」

「だって清瀬くんが笑わせるからぁ!」

「はっ!? 俺はめっちゃ真剣だぜ?」

「嘘でしょ」

「嘘じゃねぇーよ!」

……あぁ、もう、ヤバイ。清瀬くんといると笑いが絶えない。

今日朝から一緒にいて、お腹が痛くなるくらい笑った気がする。腹筋が鍛《きた》えられたと思うんですけど。

そして昼休みの学校に到着。ザワザワした校内を清瀬くんとたわいのない会話をしながら歩いた。

「おい、太陽！　お前どうどうと社長出勤かよー！」

「うわっ、びくったぁ！　いきなり飛びついてくんなよなぁ！」

清瀬くんのクラスメイトである二組の男の子にいきなり飛びつかれて清瀬くんが大きな声を出した。

……テンション高い！

そしてそのクラスメイトが「あっ」と、私を見て目を丸くした。

「しかもおまっ……修二先輩の彼女と浮気なんて……っ！」

「はっ、べつに浮気じゃねぇーし‼」

「どうだかぁー。お前見かけによらず女たらしだもんなぁ？」

「お前！　誤解招くような言い方すんじゃねぇーよ‼　だいたいなぁ、俺と藤田はなんもねぇーし、ただの友達だし‼」

ふたりの会話に私はただ黙っていた。よく見たら彼は先輩の部活を見に行っているときに見た顔だ。サッカー部なんだ……。

そして『俺と藤田はなんもねぇーし、ただの友達だし‼』と、清瀬くんの言った言葉にショックを受けている自分に気づいた。

だから、なんでよ、バカ……。そのとおりじゃん。私と清瀬くんは、ただの友達だし、なにもないじゃない。なんでショック受けてんのよ。

「あ、綾乃～！　やっと来たしっ！」

そのかわいらしい声に視線を前に移すと、ユカがこちらに走ってきていた。

そして「ありゃ、また太陽と一緒？」と、ニコニコしている。

今かな、別れるなら……。

「じゃあね、清瀬くん」

「ああ、うん……！　じゃな！」

清瀬くんの笑顔を見届けて、ユカのとなりに並ぶ。

……今日は、ありがとう。

そう心の中でつぶやいてユカとふたりで自分のクラスである一組に向かった。

チクチクする胸の痛みをそっとこらえながら。

5

彼の好きな人

一日の締《し》めくくり。部屋の明かりを消して、ベッドに入って、目を閉じながら必ず今日あったことを思い出す。

昨日までは『先輩から返信こなかったなぁ』とか、『先輩とのこれから』とかいろんな先輩のことを考えていたのに。

今日は清瀬くんとの出来事を思い出している。

朝、電車で会って、丘で一緒にごはんを食べたこととか。途中いろんなおもしろいことがあって、ふたりとも常に笑っていたこととか。先輩のことも、相談してしまった。

『会いたいとか、寂しいとか。そうゆーの、受け止めるのが男だからさ！』

『それでもダメでつらいときは俺に言え。な？　俺も男だし。とにかく我慢すんな』

男らしい、言葉。力強い声と目線。励まされて、思わず泣いちゃった。

『女のワガママを、受け止めるのが男ってもんよぉ！　ハハハ！』

……そしてなにより清瀬くんの笑った顔が脳裏に焼きついて離れない。

太陽という名前に負けないような明るい笑顔。

人なつこくて、好感を持てる愛嬌のよさ。一緒にいて楽しくて仕方なかった。

「…………」

ヤバイ。清瀬くんのこと考えるだけで心臓の動きが落ち着かない……。

目もさえてきて、なかなか眠れない。

いや、まさかそんなわけないよね？

清瀬くんには好きな女の子がいるし、私にだって先輩がいる……。

だから。……好き、だなんてことは、あり得ないよね？

真っ暗な部屋、かけ布団を鼻の上まで引っぱって、強く目を閉じた。

ないない！　あり得ない！　勘違いだ、勘違い。

ただ先輩のことで落ちこんでいて、それで優しくされたから、なんかちょっとうれしいだなんて思っているだけだって。うん、間違いない。

痛いぐらいに動く心臓とゆるみそうになる頬の筋肉をごまかすように唇を噛む。

キューッと胸が切ない。

……それにしても、清瀬くんの好きな女の子って、いったい誰なんだろう……？

いつも笑っている女の子って誰？　女の子なら、誰だっていつも笑ってそうな気がするけど……。

男の子から見てとくに笑っているように見える女の子がいるってことなのかな。

……男心が、よくわかんない。って、清瀬くんのことはおいといて。

いくらなんでも考えすぎだから。

「はぁ、寝よ……」

ぽつりとつぶやいて、また目をつぶりなおした。

ドクドクうるさい心臓に知らないふりをして、まぶたの奥《おく》にいる笑顔の清瀬くんを無理やりかき消して。

＊＊＊

「おはよぉ！　藤田！」

「あっ、清瀬くん」

次の日の朝、彼とまた同じ車両の電車に乗りこんだみたい。ドアが開いた瞬間に清瀬くんが視界に入って胸がドキ！とした。

昨日の、今日だし……。

夜は、あんなに清瀬くんについて考えてしまったし。

そう考えたら顔が熱くなった気がした。

「むむっ？」

「どうしたの……？」

あごに手をやって、そんなに私の顔をジッと見てきて、いったいどうしたの？

……と、いうか。そんなにジッと見ないでいただきたい。

そんなに見つめられると恥ずかしすぎて困るんだが。

「ん？　いや？　今日は元気みたいで安心したぁと思って！」

「えっ、そう、かな……？」

「ははっ、うん。昨日の朝みたいなひどい顔はしてないよ」

……昨日の朝、私そんなにひどい顔してたんだ。鏡を見たとき、たしかに自分でもひどい顔をしていると思ったけれど、リップやチークを使って血色よく見えるようにしたつもりだったから。

自分の頬をむにゅむにゅ揉んで、照れを隠した。

ううう。そんな顔を清瀬くんに見られたんだと思うとやってられない。

一方の彼は「笑顔が一番！」なんて言いながら笑っている。清瀬くんが言うと説得力がある言葉だな。

「でも俺、マジで心配してたから安心した」

「あ、ありがとう……」

「お礼なんて言うなって！　あたり前じゃん！」

にひっと、まるでイタズラっ子のように笑う清瀬くんにキューンと胸がしぼむ。

思わずゆるみそうになった頬に力を入れて、うつむいた。

……ダ、ダメだダメだ！　この破壊力抜群《ばつぐん》の笑顔には敵わない。

勝てるわけない。無理だ。

「ん？　どした？」

「なん、でもない……」

さっきから私、言葉がスムーズに出てきてないよ。なんで？

……なんで私、こんなに清瀬くんのこと意識してんのよ。

目線とか、しぐさとか、見られているんだと思うと唇を少し動かすだけでも神経を使ってしまう。

「今日はちゃんと朝ごはんは食べてきましたか？」

「えっ？　あ、うん！　てかなんで敬語……？」

「なんとなく！」

「ふふっ。なんとなくですかっ」

ハッキリ言いきった清瀬くんに笑う。

……とても気分屋なんだろうなぁ。

昨日も突然私の手を引いて電車降りちゃったし、ラブレターだって、相手の女の子が自分に興味ないのわかっていても、渡したくなったんだろう。思ったら突っぱしるタイプ。

でも、拾ったのが、私で……。

焦ってたなぁ、あの時の清瀬くん。顔を真っ赤にして、怒鳴ってて。

一瞬ビックリして怖かったけれど、今思い出すと笑える。

「なーに笑ってんだ？」

「ふふっ、秘密」

「えー？　ずりぃよ！　おもしろいことは共有するもんだろ？」

「えーっ、恥ずかしいからいい」

清瀬くんと初めて話した日のことを思い出して笑ってましたなんて、恥ずかしすぎて言えない。……うん、言えない。

清瀬くんはそれを不服そうに「ちぇ」なんて口をタコさんみたいに尖《とが》らせていて、かわいい。

清瀬くんて、いちいちカッコいいし、かわいい。たまにぶりっ子だし、笑顔は太陽みたいに明るいし。

それがまたわざとじゃなく、自然にやってみせるから……またなんかすごい。

「なあ、藤田」

「ん？」

「あの、ラブレターのことなんだけど。正直どこまで読んだ？」

上目遣いで聞いてきた清瀬くんのしぐさ。ラブレターのこと思い出していたから少しドキッとしちゃった。

「一枚目しか読んでないよ。付き合ってください、までかな」

「そっかーよかったぁー」

「なんで？」

「内緒！」

内緒って。めっちゃ気になるんですけど。だけど満足そうな顔をする清瀬くんにこれ以上はなにも聞けない。正直二枚目になんて書いてあったのかも、気になってしょうがないけど。恋については秘密主義な清瀬くんが教えてくれるわけがない。

「清瀬くんてさぁ、欠点あるの？」

「は？　あるよ。いっぱいある！」

「たとえば？」

「んーと、勉強！　あとは、ピーマン！」

え、なにその答えは。ピーマンてなに！　それ清瀬くんの欠点⁉

思いもよらない回答に、思わず噴き出してしまった。

やっぱり清瀬くんといると笑いが絶えないというか、腹筋が崩壊《ほうかい》しそうになるというか……。

「笑いすぎだって！」

「だって……！　清瀬くんがおもしろいから……！」

笑っちゃうんだもん。

「ほんとよく笑うよなぁ、藤田は」

「そう？　まぁ笑いのツボは浅いねってよくユカから言われるけど」

「うん、同感。藤田は簡単に笑いすぎ」

そう言うと私のデコを人さし指で清瀬くんが軽くはじいた。

――ドキッ！
デ、デコピンされた……！
イヒヒと彼は笑っているけれど、私はなんだか恥ずかしくて触れられたおデコを両手で隠した。

……ほら、こんなことを簡単にやってのけちゃう。好きでもない女の子に。

清瀬くんは距離感がすごく近い。

すごく仲がいいみたい。悪くはないと思うけど、男と女なのに、なんだろう、近い。

こんなに親近感が湧《わ》く男の子は初めてだから、すごく戸惑う。

「で、でも、ピーマン苦手とか、子どもだよね」

「だって苦くて食べらんねぇーんだもん」

ピーマンの味を思い出したようにわざとらしく顔をしかめる清瀬くん。

苦いかなぁ。おいしいと思うんだけど。

「スポーツとか得意そうだよね！」

「うん、まあ、それなりに？　でも俺もっと得意なことある！」

「え？　ほかに？」

いったいなんだろう……。

そう思っていると清瀬くんがエアーでギターをひくふりをしてみせた。

……え⁉

「清瀬くんギターできるの⁉」

「へへっ、まあな」

「マジで！　すごーいっ！」

ウチのお父さんがギターをたまの休みにひくから、やらせてもらったことあるけど、あれめっちゃ難しい印象しかない。

指はつりそうになるし、コードっていうのかな。

少し練習したぐらいじゃ、スムーズにはひけそうにない。

「ちなみにバンド組んでたりする」

「え、そうなの？」

「うん。けっこう有名な話だと思ってたんだけどなぁ～」

「うっ、ご、ごめん……っ」

私、清瀬くんについて知らなすぎるよ……。

つい最近まで名前と存在しか知らなかった。

それが、あのラブレターを拾って話して以来、こんなに仲よくなって。

もっと彼のことを知りたいと思う自分がいるなんて、なんだか信じられないや。

「よかったら今度ライブ来る？」

「いいの⁉」

「全然！　むしろ来て！　マジで！　盛り上げるからっ！」

マジかぁ……！

清瀬くんのライブとか絶対楽しいよ。ギターひく姿も、カッコいいんだろうなぁ。

なんてことを考えていたら降りるべき駅に到着して、清瀬くんとふたりで改札を抜けた。

そしてまたなにげない話をしていたときに、目に飛びこんできた人物に心臓が跳《は》ね上がる。

――ドクンッ……。

「よ、綾乃」

そう言って微笑《ほほえ》むのは……。

「修二、先輩……」

ザワザワした駅前の道。同じ学校の生徒や、出勤中のサラリーマンがそれぞれ歩いているなか、先輩が電柱に寄りかかるようにして、手をポケットに入れて立っていた。

嘘……なんで……。

微笑む先輩に、私は、うまく笑えない。会いたかった先輩に、会えたというのに。

どうして私はこんなに今にも泣きそうになっているんだろう。

「あ……じゃあ俺先に行くな？」

清瀬くんが私の視線の先にいる先輩に気づいてそう言ってくれて。うなずくと、先輩に頭をさげてから清瀬くんは先に行ってしまった。

数回まばたきを繰り返すと止めていた歩みを先輩に向けた。

「先輩、なんで……？」

「ん？　一緒に学校に行こうと思って」

そう、なんだ……。でも、どうして今さらそんなこと思ったんだろう？

本当に、今さら。

ねえ、遅いよ、先輩。来るの、遅すぎだよ……。

私は、ずっと、待っていたのに。

「さっきの男の子誰？　仲いいの？」

「え？　うん。清瀬くんっていうの。乗ってる電車が一緒で、話すようになった……」

「へぇーそうなんだぁ」

となりを歩く先輩のほうをあまり見れない。久しぶりすぎて、どんなふうに話せばいいのかわからない……。

私たち、終わってなかったんだ。頭の中でぼうぜんとそんなことを考えた。

「電車の時間、変えたら？」

「え？」

「清瀬くんとあんまり仲よくしてほしくない」

ズバッと言った先輩に、立ち止まって視線を下に向ける。そして握りしめた手に力を入れた。

……意味、わかんない。

ずっと私のこと放置してたくせに、今さら迎えに来て清瀬くんと仲よくするなってどういうこと？　そんなの、虫がよすぎる。

「ずっと先輩から返信くるの待ってました」

「…………」

「ずっとずっと待ってたけど、こなかったよ!?　なのに、久しぶりに会ったと思ったらなに⁉　かまってくれないのに、束縛《そくばく》はいっちょ前にするんですね……！」

うつむけていた顔をいっきに上げ、先輩のほうを向いて言ったら、先輩が目を見開いてびっくりしていた。

……そうだよね。びっくりするよね。私、今まで先輩の重荷になりたくなくて、こんなふうに本音ぶつけたことないもんね。怒ったこと、なかったよね。

でももう、我慢の限界。言いだしたら止まらない。

「先輩にずっとずっと会いたかった！　会いたかったけど、会いたいって言って迷惑かけたくなかったから、言わなかった。忙しいの、知ってたから。だからちょっとだけでよかったの。気が向いたときに私が送ったメッセージに返信してくれるだけで。暇《ひま》なときに、ひと言だけで全然よかった。眠いとか、キツイとか。ごめんねのメッセージも悲しかったけど、ないよりかは、マシだった……！　でも、先輩は、私がこんなふうに思ってたこと、知らないよね……っ？」

せき止めていたダムが崩壊するように、先輩への不満が流れ出て、涙が止まらない。

「寂しかった……！　ずっとずっと……！　でも、もうムリだよぉ……っ」

無理だよ。もう、無理。先輩を好きでいるのが、つらいよ。

こんな日がくることを、一年前の私は想像もしていなかった。ずっと純粋に先輩のことを想い続けていく、幸せな未来しか想像できなかった。

好きでも。大好きでも。ただどうしようもなく想っていても。寂しさに、心は勝てなかった。先輩からの愛を実感することができなくて、でも、あの日の告白を信じていたくて、私は自分の寂しさに蓋をしてただひたすら我慢をしていた。

だけど私は拾ってしまった。かわいそうに落ちていた、あの、想いのつまったラブレターを。

私が忘れていた感情を、心の奥底に閉じこめていた恋の理想を、思い出させてくれた。きっとあのラブレターを拾う前の私だったら、今の状況を喜んでいたに違いない。

清瀬くんのあのまぶしい笑顔に近づきたいと、願う前だったら……。

だけどもう戻れない。いくら願っても、時間は巻き戻ったりしない。

今だってものすごく苦しいのに、心の中には笑顔の彼がいる。

「綾乃……っ」

「ごめんね、先輩。泣いちゃって。しばらく距離おきましょ……って言ってもずっとおいてたみたいなもんですよね」

先輩が私の顔へ手を伸ばして、やめた。表情は、どこか切なげで、苦しそう。

……そんな顔をしてくれるんですね。

「先輩は私のこと好きですか？」

「うん、好きだよ……」

「そっか……。でも先輩、私は、もうよくわかんない……っ」

先輩のカッコいい顔が悲痛にゆがんでいる。

私が、こんな顔にさせているんだ。やっと、やっと、思っていたことが言えたのに。

私の心の中は今まで以上にモヤモヤしている。

「ごめん、綾乃。綾乃がそんなふうに思ってたなんて知らなかった」

「ううん、いいの。私がいけなかった」

本音を、言わなかったから。嫌われたくなくて。先輩の足を引っぱりたくなくて。

あんなに大好きだったのに、あんなに必死に先輩を追いかけていたのに、こんなに人を好きになることなんてもう二度とないだろうなって思ったぐらいの大きな恋だったのに。

ずっとずっと寂しい想いをして、先輩の愛が遠く感じた。

悩んで、悩んで、苦しんで。やっと来てくれたのに。

私は、違う人のことが気になっているだなんて。

全部、私が悪いの。だから、そんな顔をしないで、先輩……。

信じきれなかった。待っていられなかった。

清瀬くんのラブレターを見て、純粋で真っすぐで熱い気持ちに触れたら、私も、愛されたいと思ってしまった。

「じゃあね、先輩。先に行きます」

少し、時間をください……。自分の中で整理をつけさせてください。

まだ、よく、自分でもわからないの。

先輩のこと、好きでいるのがつらいし、気持ちが前ほどないのは、明確だけど。

嫌いには、なれない。だって、本当に心から好きになった人だから。

先輩は私のこと好きだと言ってくれた。

だから、まだやり直せるかもしれない。

清瀬くんへの気持ちも、もしかしたら、いっときの気の迷いかもしれない。

優しい彼の愛が、まぶしくて、憧れてしまっているだけかもしれない。

とにかく時間が欲しい。

「…………」

だけどなんでだろう……今、ものすごく笑顔の清瀬くんに会いたいや。

ねぇ、清瀬くん。私、言えたよ。先輩に思ってること全部ぶつけられた。

それもすべて、清瀬くんのおかげだよ。昨日くれた言葉が一瞬頭に思い浮かんだの。

なんでだろう。

あんなに好きだった先輩に振り向いてもらえたのに、どうしてこんなに清瀬くんに会いたいの？

私は、清瀬くんのことが……好きなのかな。

……好き？　好きって、いったいなんだろう。どういう気持ちなんだろう。

あんなに好きだと思っていた先輩への気持ちが冷めた今、その気持ちがよくわからなくなった。

先輩の存在が私の世界の色を決めていた。地道な片想いを経て、たどり着いた両想いだったから、世界の色は常に華《はな》やいでいて、綺麗だった。でも今はどの角度も少し靄《もや》がかかったように霞《かす》んで見える。

ふと空を見上げると太陽の日ざしに目がくらむ。強引だけど、涙を乾《かわ》かしてくれているような気がした。どこかの誰かさんのように。

胸が切ないのに、この太陽が励ましてくれているかのようだ。

深く息を吐いて唇を噛むと、学校までの道を急いだ。

そしてたどり着いたザワザワした学校内に、暗い気持ちを抱えた自分が浮いているような気分になる。

廊下を進んでとなりのクラスを覗いて見たけれど清瀬くんの姿はなかった。

どこに行ったんだろう……。

顔を見られれば、元気になれる気がしたけど。

仕方ないと自分のクラスのほうへ向かうと目に入った人物に足を止める。

「ははは っ！」

「おまっ……マジで言うなよ⁉」

楽しそうなふたりの笑い声。清瀬くんと、ユカ。うちのクラスの前で、話している。

清瀬くんは顔を真っ赤に染めあげて、ユカはずっと笑顔。

あ……肝心《かんじん》なことを忘れていた。清瀬くんには好きな女の子がいるんだった。

いつも笑顔で、かわいい清瀬くんの好きな女の子。

それはもしかして……ユカだったりする？

「…………」

楽しそうに立ち話にふけるふたりから目が張りついて離れない。

前に清瀬くんの好きな子を考えているときにも、同じことを考えたっけ。

ふたりとも、あんなに楽しそう……。

明るくて笑顔がステキなふたり。似た者同士のふたり。

……とってもお似合いだね。美男美女。誰がどう見たって、お似合い。

あんな表情をして……清瀬くん、ユカのこと好きなのかな。

そう……なのかな……。

「あっ、綾乃ぉーー！　おはよーー！」

その時。こちらに気づいたのか私を呼ぶユカの声。

暗くなりそうな顔を無理やり明るくして、笑ってふたりのもとへ歩いた。

「おはよぉ！」

泣きそうなのを必死にこらえた。

……清瀬くんの優しさに、間違いそうになっていた。

まだ、間に合うよね？　まだ、清瀬くんのこと、好きになってないよね、私。友達って、笑って言えるよね。

「今日ぎりぎりじゃん。私より来るの遅いなんてめずらしい」

「そう？　たまにはね」

ユカの問いかけに答える私の横で清瀬くんがじいっと私のことを見ているのがなんとなくわかる。

「藤田、大丈夫？」

先輩と会ったことを知る清瀬くんが心配そうに顔を傾《かたむ》けた。

「うん……っ。大丈夫だよっ？」

あれ、おかしいな。なんでこんなに優しくされて胸が痛いんだろう。

心の中がごちゃごちゃしていて、自分の今の感情がわからない。

ただ言えるのは……今の気分は最悪ってこと。

──キーンコーンカーンコーン。

その時、私を助けてくれるかのようにチャイムが鳴り響いた。

「じゃあ俺戻るわ」

「うん、じゃね！」

ユカが笑顔で清瀬くんを見送る。横を通る彼の姿を見ていられなくて、私はうつむいたまま、顔を伏せていた。

お願い。このまま通り過ぎて。私の泣きそうな顔を、どうか見ないで……っ。

「……っ藤田、マジで大丈夫か？」

だけど、通過したと思った清瀬くんが戻ってきて私の二の腕をつかむ。

一秒ぐらい、時間がゆっくり進んで、そして止まった気がした。

……なんでよ。なんで放っておいてくれないのっ。

惑わさないでよ。好きな人がいるくせに。ユカのことが、好きなくせに……‼

「触んないでよっ！」

怒りがこみ上げて勢いよく清瀬くんの手を払いのけた瞬間、はっとしてさげていた顔を上げた。私ってば……なんてことを……っ。

「あ、悪りぃ……っ」

清瀬くんは、空中で泳いでいた手を気まずそうにポケットに入れて苦笑い。

そんな顔しないで……っ。

いつも笑顔でまぶしい清瀬くんの顔を、ゆがませてしまった罪悪感。ごめんなさいのひと言が出てこない。

両手に握りこぶしをつくって、後悔《こうかい》の念を押し殺す。本気で自分自身が嫌いになりそう。

「怒らせちまったな……」

「……っ」

「ごめん」

また無理やり笑って。誰よりも優しくしてくれる清瀬くん。

どうして清瀬くんが謝るの。どう考えたって悪いのはこの私じゃない。

〝藤田は悪くないよ〟

〝落ちこまないで〟

彼の笑顔からは、そんな言葉が伝わってくる。

そして再び歩きだした清瀬くんの背中に「あっ……」と、声を漏らしたけれど、彼が立ち止まることはなかった。

「綾乃、どうしたの……?」

「なんでもない……っ」

声が、震えた。

遠ざかる清瀬くんがもう二度と、私のほうを向いてくれることはない気がして。
笑って「藤田！」って呼びかけてくれることは、ないかもしれない。
そう、考えると、たまらなくなった。
先輩に本音を伝えて、スッキリするどころかモヤモヤが増してイライラしていた。
それに加えて、清瀬くんの好きな人かもしれない人がわかって。
せっかく優しくしてくれていたのに。
……私、清瀬くんにひどいことしちゃった。
「なにしてるんだ。早く教室に入りなさい」
立ちすくむ私たちにかけられた担任の言葉におとなしく教室に入った。
……私はいったいなにがしたいんだ。
先輩ともとに戻りたいの？　それとも、清瀬くんが好きなの？
……わかんない。なにもかもが中途半端で、わからない。
自分の気持ちの整理がつかない。ただ、失うことが、怖い。先輩も、清瀬くんも。
こんなんじゃダメだ。誠実じゃない。答えを、出さなくちゃ……。

6

太陽スマイル

「今から球技大会の種目決めをしま〜す！」

五月に入って二週目の水曜日。帰りのホームルーム。

暖かい日光に照らされる教室。窓からはほのかに風が舞いこんできていて、カーテンを優しく揺らしている。

三週間後に行われる球技大会の競技決めを、私はうわの空で聞いていた。

種目は男女ともにバレーとバスケと野球とサッカー。正直どれもやりたくない。私、運動嫌いだし、苦手。

「…………」

あれから時間はだいぶたったけれど、答えは、まだ出ていない。そう簡単に出てはくれないみたい。

初めての恋の相手の先輩か。悩んでいたときに優しくしてくれた清瀬くんか。

選べないよ……。

頬づえをついて窓から外の空を見ると雲がゆっくり流れていて。なんだか、すさんでいる心が少しだけいやされたような気がした。

「じゃあ公平にくじ引きで決めますね」

委員長の声。みんなが、だらだらとくじを引いていくなかで、回ってきた私の番。

くじ引きの結果、出場する競技がバスケに決まった。

「バスケ！　ユカと同じだねっ！」

「足引っぱらないようにしなくちゃ……」

「なーに言ってんのっ。ふたりでバンバン点取るよ！」

競技決めも終わって解散したあと、ユカがカバンを持って私のところへやって来た。

……ユカはバスケ部だし、運動得意だからいいなぁ。

本当に、私、運動は苦手だから、勘弁してほしい。できれば、なるべくパスは回さないでほしいよ……。

「藤田さん！　先輩が呼んでる！」

「え？」

クラスメイトの声に視線を廊下に移すと修二先輩が私のほうを見て「よ！」と、声をあげた。

なにも事情を知らないクラスメイトたちがヒューヒューはやしたてる。

ちょっと……！　やめてよ……！

恥ずかしくなって慌ててカバンを持つと先輩のもとへ駆け寄った。

この間ぶりの、先輩。あのケンカ以来顔を合わせてなかったから、少し気まずい。

「ちょっと話せないかな」

「うん、私は大丈夫。部活はいいんですか？」

「ん、ちょっとなら平気」

先輩の目が笑って細くなる。うなずいて先輩についていくと、たどり着いたのは屋上。二年間通っている学校だけど、屋上に来たのは初めてだ。

でもまあ、放課後の学校でふたりきりになれる場所なんて、ここぐらいしかない。

「この前綾乃が言ってたこと、俺なりに考えてみたよ」

「うん……」

屋上を囲う柵に肘《ひじ》をのせていた先輩が真剣な顔で私のほうに向きあった。

そんな先輩を私はジッと見つめる。

「ごめんな。俺、自分のことで精いっぱいで綾乃のこと大事にできてなかった。マジで、反省、した……」

「…………」

「たくさん寂しい思いさせた。綾乃に愛想つかされてもおかしくないと思う。でも俺はやっぱり綾乃が好きだし、失いたくない。……もう一度、やり直せないかな」

――サアァ……。

風が優しく吹《ふ》いて、先輩のフワフワした黒い髪の毛を軽く揺らした。

真っすぐに私を見てくれている瞳。反省したことをちゃんと伝えようとしてくれているのがわかる。

欲しかった言葉がもらえたのに、思っていたほど喜べないのは、まだ私の心の中に彼がいるからかな……。

「今度は絶対綾乃のこと放っておいたりしない！　大事にする！　もう二度とあんなふうに泣かせたりしないから……！」

必死になって私に言葉を伝えている先輩。

そうだ。先輩は告白したあの日も、必死だったよね。

……もう一度、信じてみたい。先輩も、私の中にある先輩への想いも。

やり直せるんだって、信じたい。

……だけど、私の中には先輩への気持ちと同じぐらいにふくらんだ、あの人への想いも、あるんだ。

ひどいことをして一方的に傷つけてしまったけれど、彼の笑った顔、心配そうに私を見る瞳、繋いだ手の温もり、もらった男らしい言葉。そのすべてが消そうと思っても、消えないの。

このまま付き合っていたら、もしかしたら先輩への想いが彼への想いを上回るかもしれない。

だけど、こんな中途半端な気持ちで先輩の気持ちを受け取るのは、気が引ける。先輩に申し訳ないと思ってしまう。

初めての恋だったから。初めて、こんなに誰かを好きになれた恋だったから。
私は誠実でありたい。
「ごめんなさい、先輩」
ごめんなさい、本当に。
「私、先輩のほかに気になる人がいます」
一途《いちず》にあなたを待っていられなくて、ごめんなさい。
寂しさに勝てなくて、ごめんなさい。
好きな気持ちが、揺らいでしまったこと、本当に申し訳なく思っているよ。
先輩が悪いわけじゃない。
こうなる前に私がしっかりと自分の気持ちを伝えることができていたら……。
もしかしたら、結末は変わっていたのかもしれないね。

＊＊＊

「あ……」
「あっ……」
部活に行った先輩を見送って、自分の下駄箱のほうへ行くと、ちょうどばったり清瀬くんと鉢《はち》合わせしてしまって驚いた。ふたりの声が重なって、流れる重い空気。

……なんで会っちゃうんだろう。あの日以来、朝も会わなかったのに。

というか、会いたくなくて電車の時間をわざと変えたんだけど。

「今、帰り……？」

「うん、そうだよ。清瀬くん遅いね」

「お、俺？　俺はやり忘れてた英語の課題やってたんだ。先生に捕まっちまってさぁ。マジやんなるよなぁ！」

アハハ！と豪快に笑う清瀬くん。

……気を使わせている。この前のこと、悪いのは、私のほうなのに。

放課後の独特の空気感。いつもより静かで、部活生のかけ声とブラスバンドの練習している音が遠くから聞こえるくらい。

「藤田は？　なにか用があったの？」

「私？　私は……」

言うか、言わないかを少しだけ悩んで変な間をつくってしまった。

まばたきを数回繰り返したあと、意を決して、清瀬くんの大きな目を真っすぐに見た。

「私は、先輩と、話してたんだ」

「修二先輩と？」

「うん……。この前ね、清瀬くんに言われたとおりに本音をぶつけたんだ。そしたら今日先輩が会いに来てくれて……それで……」

なぜだかわからないけれど、声がかすかに震えた。手にも、力が入る。

……すごく迷ったけど。

「別れた、よ」

話すことにした。清瀬くんには、相談に乗ってもらったから、ありのままを。

「え⁉　マ、マジで⁉」

驚いたように大きな声をあげた清瀬くんにうなずいてみせた。

手が、震える。暗くなる顔。無理やり口の端を持ち上げるとうなずいて、先ほど話した先輩との会話を思い出した。

＊＊＊

『気になる……人？』

屋上で、先輩の顔を真っすぐに見て、言った。

負けそうになったけど、言わなくちゃ。

『うん。先輩と全然会えなくて寂しくて悩んでたときに優しくしてくれた男の子がいるの』

『………』

『その人には好きな人がいるのもわかってるし、ただの友達って言われているから、好きになってもかなわないことは知ってる』

言葉をひとつずつ選ぶように、ゆっくりしゃべる。

『……だけどどうしても彼の笑顔が頭から離れないの。自分でもまだよく気持ちの整理ができてないんですけど。でもこんな中途半端な気持ちじゃ先輩の彼女のままでは……いられない』

風が私の髪の毛を揺らす。自分の心の中を先輩にさらけ出すように、すべてを飾らない言葉で語った。

先輩のことは本当に心から好きでした。だけど私の中で清瀬くんの存在が本当に大きくて。

自分勝手にあんなにひどいことして彼のこと傷つけたから、もう私に笑いかけてくれることはないかもしれない。

だけど、たまらなく笑顔の清瀬くんに会いたい。

『だから、別れましょう、先輩』

この恋にピリオドを打つのは、難しい。

苦しくて、痛い。切なくて、逃げ出したくなる。大好きだった先輩との、最後。

永遠だと思っていた、初恋。

私が弱かったから。待っていられなかったから。

許してとは言わない。言えない。

好きでも、どうしようもないことがあると知った。

気持ちがあっても、うまくいかないことも、知った。私を大きく成長させてくれた恋。

先輩……。先輩を好きになったから知れたことが、こんなにも多いよ。

消えないよ。先輩を想ったこと。好きになったこと。消えることなんて、ない。大人になって私はきっと思い出す。

先輩に初恋をしたこと。それぐらい大きな恋だったから。

『気になるやつって清瀬くん？』

『えっ!?』

『ほんと綾乃は素直だよな』

先輩はそう言うと短く息を吐いて。

『わかった。別れよう』

そう、言った。
先輩の言葉にぐっと現実感が増して、切なくなる。
終わる、んだ。私の初恋。
『でも……』
『……？』
『俺、あきらめないから』
えっ？　先輩、なに言って……？
『もう一度お前を振り向かせる』
『……っ……』
『それなら文句ねぇだろ？　気になってるやつがいるとか関係ねぇよ。終わらせない』
先輩が自信満々に笑ってみせた。
『ぜってぇ、負けねぇ！』

＊＊＊

「藤田は先輩のことがめちゃくちゃ好きだと思ってたから、別れるなんて思わなかった」

清瀬くんの言葉にかすかに笑う。

……うん。私も別れるなんて思ってなかったよ。

だけど先輩の一生懸命さを見て、私も誠実でありたいと思ったの。

必死に想いを伝えてくれる先輩の姿を見て、心の中に別の人がいるのにこのまま付き合い続けるなんて卑怯《ひきょう》なこと、できないと思った。

先輩のことは好きだよ。たくさん、たくさん、好きだった。

だけど、同じぐらい私の中で清瀬くんも大きな存在になってしまって。

こんな気持ちでは、先輩の彼女だと、胸を張って名乗れない。

……だから、この決着に、後悔はない。

言えないけれど、清瀬くんなんだよ。私にこの選択《せんたく》をさせたのは。

清瀬くんが私の心を変えたの。止まっていた私の時間を再生させてくれた。清瀬くんのラブレターに、氷っていた私の心を溶《と》かされた。私の中でそんな感覚なの。

「後悔してないから平気だよ」

「そっか……」

「この前はひどいことしてごめんね」

ずっと気がかりだった。優しく声をかけてくれたのに、清瀬くんの手を払いのけてしまったこと。

「あ、いや！　それは全然いいんだけど。聞いてもいい？　藤田はさ、俺のことどう思ってる？」

「え？　どうって……？」

「嫌い？」

え⁉　嫌い⁉

「嫌いなわけないじゃん！」

即答《そくとう》すると清瀬くんが「そっかぁ！」と、笑った。

いつものように。まぶしい太陽スマイル。その笑顔に会いたかったって言ったら、清瀬くんはなんて言うのかな？　驚く？　それとも好きな子がいるから、やっぱり困らせてしまうのかな？

「よかった。俺、藤田に嫌われてんじゃねぇーかって心配してたから」

「ごめんね。私がひどいことしちゃったから……」

「本当に気にしないでくれ。嫌われてるんだと思って落ちこんでたけど、嫌いじゃないって言われて少し元気出たからさ」

傷つけるようなことをしたのに、笑いかけてくれてありがとう。

ねぇ、知ってる？　その笑顔を見ていると私まで笑顔になれるんだよ。知らないよね。私がそんなこと考えているだなんて。

清瀬くんの笑顔に、私は助けられた。そして惹かれた。

「あー、マジでよかったぁ。嫌われてなくて……」

「そんなに心配だったの？」

「心配するよ！」

そう言いながら清瀬くんがポケットに手を突っこんで「あれ？」と、首をかしげた。

「どうしたの？」

「スマホがないんだ。あー、教室かぁ……」

「あーあ。バカだねぇー」

「うっせぇ！　じゃあな、気ぃつけて帰れよっ！」

「うんっ、ありがと。じゃあねっ！」

慌てたように清瀬くんが階段を二段飛ばしで上っていく。そのうしろ姿がおかしくてクスクス笑ってしまう。

それにしても……。さっきまでは、先輩との関係に区切りをつけたばかりで、あんなに落ちこんでいたのに。

清瀬くんに会って、話して、笑顔を見たら、なんだか元気が出てきた。

……初めての恋の終わり。一生懸命に先輩に恋をした。

だけど先輩は私のことあきらめないって言っていた。もう一度振り向かせるって。

私の気持ちは、どこにいくんだろう。

先輩への未練？　それとも清瀬くんへの新しい恋？

私の〝好き〟はどこへ向かうんだろう……。

ただひとつ言えることは、先輩に思ったことが言えて、私の心の中のモヤモヤが、晴れたような、そんな気がしていた。

7

君に知ってほしい

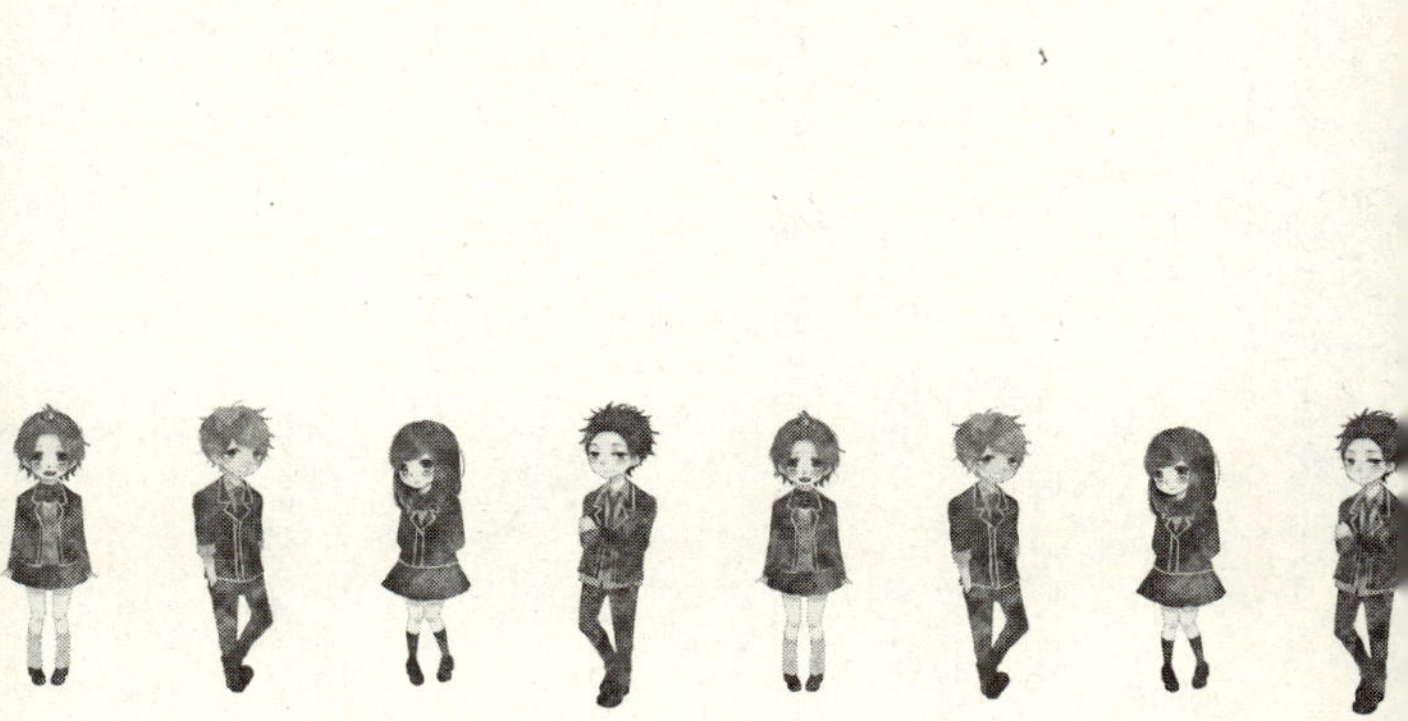

「修二先輩、彼女と別れたんだって！」

私と先輩の破局の噂は、またたく間に全校生徒に広まった。

私が振ったとか、振られたとか。やっぱりみんなそんなスキャンダラスな話題が大好きみたい。

……振ったとか振られたとかそんなのどっちでもいい。ひとつの恋が終わったことに、変わりはないから。


――キーンコーンカーンコーン。

六時限目。体育の時間。体操着に着替えた私たちは体育館へと移動していた。

「今週の体育は来週の球技大会に向けて一組、二組の合同で行います」

先生の言葉にチラッと男子のほうを見た。ハチミツ色の短い髪。先生の話をよそに周りの男子と楽しそうに話をしているのは、清瀬くん。

まさか清瀬くんのクラスと合同だなんて……。

「あ……」

目が、合った。

そのとたんに清瀬くんの大きな目が細くなって、口を大きく開ける。

『ふ、じ、た』

口をパクパクさせて私の名前を呼んだ彼。ドキッとした胸の動きをごまかすように

「前、前」と指をさした。

素直に前に向きなおった清瀬くんに、そっと胸をなでおろす。だけど一度大きく動きだした心臓はおさまることを知らない。

もう……なんなのよ……。

天然でドキドキするようなことをたまにしでかすから、清瀬くんは油断できない。

いつもの体育の授業よりザワザワしている体育館。合同だなんて、去年の球技大会以来だから、みんな浮き足立っているんだろう。

めったにないもんね。ほかのクラスと体育だなんて。

「それでは、競技ごとに集まって練習を始めてください」

先生の呼びかけに、みんながそれぞれ散り散りに集まる。

バスケかぁ……。中学生のときもクラスマッチとかあったけど、散々迷惑かけた記《き》憶《おく》しかない。

あんな重いボールどうやってあの小さなゴールに入れるっていうの。

無理！　絶対無理！

去年の球技大会も苦労したけど、今年も、できるだけ目立たないようにしなくちゃ。

「よぉーし！　一組、やるなら優勝を目指すよ！」

「おー！」

ユカが先陣《せんじん》を切って女子のバスケ組をまとめている。

……すごいなぁ、ユカは。リーダーシップもあって、運動神経もよくて。

おまけにかわいいいし、愛嬌あるし。清瀬くんが好きになるのも、うなずける。

「わ、なんだよ、お前バスケなの？」

「そぉーですけどぉ」

「手加減しろよ？」

ユカにそう話しかけているのは、清瀬くんだった。

……清瀬くんもバスケなんだ。彼が脇《わき》にかかえるようにして持っているのはバスケットボール。体操着の袖《そで》をまくっている姿は彼らしい。

「手加減なんてするわけないじゃん！」

「卑怯者～！」

……笑いあっているふたりはすごく画になる。

仲よしだし、雰囲気似ているし、やっぱりお似合いのふたりだと思う。

「…………」

……なんで私、落ちこんでいるの。

パンパンと私の中のモヤモヤを吹きとばすように頬を叩くと清瀬くんが笑って「藤田もバスケ？」と、話しかけてくれた。

「う、うん。一応……」

「一応？」

「私運動苦手だから……。端っこでおとなしく見てようかなって……」

「ダメだろ、そんなの。ちゃんと参加しなくちゃ」

なんでそこは真面目なの。平気な顔して学校はサボっちゃうくせに。

心の中で皮肉の意を込めて言い放つ。

「おーい！　一組しゅーごー！」

ユカのかけ声にクラスのバスケ組の子たちが集まっている。一度清瀬くんに目配せをしてから、私もそちらに向かった。

「もう実戦あるのみだと思うから、二組の女子と試合しよ」

し、試合……。憂うつな響きにネガティブな心。

整列して、男子に審判《しんぱん》をお願いして、試合開始のホイッスルが鳴る。

ジャンプボールでみんながいっせいに動きだした。私はどう動いていいかわからず、その場でパニックになるだけ。

「藤田！　走れ！」

清瀬くんの声に焦ることしかできない。

そんなこと言ったって、無理だよ……‼　走るって、いったいどこに⁉

「綾乃！　パス！」

「え？　えええ！　ちょっと待っ……ブフッ!?」

ユカから私に向かって放たれたボールは綺麗な弧を描《えが》いて私の顔面を直撃。スローモーションのように、倒れながら天井を仰ぎ見た。

ちゃんと取ろうとしたのに、ボールはいつの間にか私の視界を真っ暗にしていて。

気づいたら尻もちをついて、倒れこんでしまっていた。

「綾乃!?　大丈夫!?」

「藤田!?」

試合はいったん中断。みんなが心配そうに駆け寄ってくる。

あいたたた……鼻が痛い……いやむしろ顔全体がジンジンして痛い。

あまりの衝撃《しょうげき》に倒れこんだまま動けない。そして、誰よりも早く私のもとへ走ってきたのは……。

「藤田、おまっ、鼻血出てんぞ!?　大丈夫か!?」

「き、清瀬くん……っ」

清瀬くんだった。

焦ったように、心配したように、眉尻をさげて、私の肩に触れた彼の手。やっとの思いで体勢を起き上がらせると、言われたように鼻に手をやる。生温かいものが手について、見てみると赤い液体が指先を染めあげていて、頭がクラッとした。

血が出ている。ポタポタ落ちる血が床《ゆか》を汚《よご》している。

こんなの最悪すぎる。みっともないし、情けないし。恥ずかしいし、痛いし。袋《ふくろ》叩きにされているようなこの状況に、じわじわ涙がにじむ。

「藤田これで鼻押さえてろ。保健室行くぞ」

そう言って、さっと私の鼻をやわらかいタオルで押さえたのは清瀬くんだった。

これ、清瀬くんのタオルなんじゃ……？

じわじわと、白いタオルが赤くなっていく。私がそのタオルを握りしめたのを確認すると、なんでもないような顔をして私を軽々と持ち上げてしまった。

「え？　きゃあっ……⁉」

清瀬くん……‼　な、ななななにしてんの……⁉

みんながあっけに取られているなか、清瀬くんがそのまま歩きだした。

お、お姫様《ひめ》だっこ……だよね、これ……。

しっかりとした腕が私の肩と、膝下にあって、私はただそれに甘えたように支えられている。

ふと清瀬くんの顔を見ると、真剣そのもので。ドキッと胸が跳ね上がったのがわかった。

どんどん廊下を進んで、急ぐ清瀬くんの歩幅《ほはば》と、私の心臓のドキドキが加速していくのを私はおとなしく清瀬くんにかかえられながら感じた。タオルを握る手に力がこもる。

そんなに必死になって……。勘違いしそうになるよ……。

——ガラガラッ！

「せんせぇ！　藤田が‼」

「ん？　どうしたの、清瀬く……」

「鼻血！　大変、先生！　マジで！」

お、落ち着いて……‼

私のほうがそう言いたくなるぐらいの清瀬くんの慌てっぷりに、噴き出しそうになった。ていうか、先生はすでに笑っているけれど。

「あらやだ。ボールがあたったの？」

「はい……」

「先生！　藤田大丈夫なんですか⁉　ねえ⁉」

「大丈夫です！　あなたちょっと黙ってて！」

先生に怒られて口をつぐんだものの、そわそわしたように私を見ている清瀬くんはやっぱり犬みたい。頭に耳と、お尻にしっぽがついていても違和《いわ》感がないかもしれない。

　もう、心配しすぎだって……。

「しばらくこのまま押さえててね。血が止まったら教室戻っていいわよ」

「はぁい……」

「私これから用事があって出るけど、もう大丈夫ね？」

　コクコクッとうなずいてみせると先生が笑って「じゃああとは任せたわよ」と清瀬くんの肩を叩いて保健室を出ていった。静寂《せいじゃく》になる保健室。

　こんな時に不謹慎かもしれないけれど、清瀬くんとふたりっきりだなんて緊張する。

「藤田……平気？」

「うん。ごめんね、清瀬くん。保健室に運んでもらったのに、タオルも汚しちゃって……」

「ううん！　それは全然いいんだ！　気にすんなっ！」

　顔の目の前で手をブンブン振って、ニッと笑う彼に私もヘラッと笑った。

　やっぱり優しいなぁ。

　そして、この笑顔を見ると、なぜだか安心しちゃう。

　ホッとしちゃうの。それぐらい、清瀬くんの笑顔にはパワーがある。

「………」

ガーゼを鼻から離して、血が出てないか確認したけど、まだほんのり出てきているみたい。間抜けなところ見られたなぁ。

「やっぱり球技大会出たくないなぁ」

「なんで?」

「見てのとおり、運動音痴《おんち》だし、私。みんなにも迷惑かけちゃうしさ……」

勝つ気満々なみんなの足を引っぱりたくない。なによりカッコ悪いところを見られたくないよ……。

「じゃあさ、得意になろぉーよ!」

――誰に? それは……清瀬くん……?

「え?」

「俺、教えてやるからさ。バスケ!」

予想外の提案に一瞬だけ声の出し方を忘れた。素っ頓狂《とんきょう》な考えだけど、清瀬くんの目が光に満ちていて、本気で言っているんだとわかる。

教えてくれるの? 清瀬くんが、私に……?

「放課後は暇?」

「わ、私は……暇、だけど……」

「んじゃやろ! 俺んちの近くにバスケットのゴールがある公園があるんだよ。そこなら練習し放題だし!」

腕を組んで「よっしゃ!」と気合いを入れる清瀬くんにまばたきを繰り返した。

放課後に。清瀬くんの家の近くの公園で、バスケの特訓?

「………」

いいのだろうか。そんな特訓をしてもらって。先輩と、別れたばかりだというのに。

男の子とふたりでいるところを見られたら、私、軽い女だって思われるんじゃないかな?

それに、清瀬くんには、好きな子がいるのに。私なんかとふたりきりでいたら、勘違いされるんじゃないの?

「藤田の苦手、初めて知ったかも」

「え?」

「この前は一方的に教えたけど、藤田の苦手は教えてもらわなかったからさ」

うれしそうに笑って、「またひとつ藤田を知れた!」なんて、無邪気に言うから。

……一緒にいたい。なんて、また、思ってしまった。

迷惑かもしんない。だって清瀬くんはユカのことが好きなのに。

あんなに大好きで、振り向いてほしいと、必死で想い続けているのに。

私がそれを邪魔していいの……?

でも、もっともっと清瀬くんの笑顔を見ていたいって。

欲張りになっちゃう……。

それに、清瀬くんといると、私もつられて笑っているような気がする。

私、清瀬くんといるときの自分が一番好きかもしれない。

純粋な清瀬くんに影響《えいきょう》されるように、自分の心も洗われるような、そんな感覚。

「……私ね、ニンジンが食べられないの」

「えっ、マジ？」

「マジだよ。この前ピーマン食べられない清瀬くんのこと笑ったけど」

……知ってもらいたいなって思ったの。こんな私の苦手を知ったぐらいで喜んでもらえるならいくらでも教えるよ。

それに私自身、清瀬くんに、私のことを知ってもらいたいと思った。そして私も、清瀬くんのことが知りたい。知りたいの。

「なんだよー。藤田にもちゃんとあるんじゃん、苦手」

「あるよ、そりゃ」

「ふは！　なーんか安心した」

ケラケラ笑う清瀬くんに、私もこらえきれずに笑った。

……あぁ、もう、どうしよう。どうしたらいいんだろう。

清瀬くんには、好きな子がいるのに。
清瀬くんに心を動かされてばかりいる。ずっと、いつも。
清瀬くんの笑顔が、私の心に温かい明かりをともす。
清瀬くんに想われたい。
清瀬くんのその笑顔にずっと触れていたい。
そんなことばかりを求めてしまう。

8

秘密の特訓

その日は、放課後になって廊下へ出ると二組もちょうど帰りのホームルームを終えたようで、廊下に生徒たちがあふれていた。

その中でひとり、ハチミツ色の髪をした彼の姿が目に入る。

「太陽！　今日カラオケ行こうぜっ！」

「あ、悪りぃ！　今日はムリだわ」

「えー！　なんでだよー‼」

サッカー部の友達に肩を組まれた清瀬くんが申し訳なさそうに両手を顔の前で合わせている。

私との特訓があるから断ってくれてるんだ……。

ああ、ごめんね、清瀬くん！

本当に、特訓なんかいいから、カラオケ行ってきてよ！

心の中で土下座をする勢いで謝る。

「マジごめん。でも断れない大事な約束があるんだ」

……え？　大事な、約束？

「マジかよ……わかった～」

「ごめんな！　また今度行こうぜ！」

清瀬くん……？　ただの特訓だよ……？

そんな言い方したらダメだよ。私、なんかうれしいって、思っちゃったよ。

勘違い、しちゃう。私のこと、大事にしてくれているんじゃ、ないかって。

「お待たせ」

「あ、藤田！　行こう！」

学校前の校門。もともとそこで待ち合わせていた私たち。

「うん……！」

駆け寄ると清瀬くんのとなりを歩く。わざと少し遅れるように校門へ向かった。

清瀬くんとの噂が立ったらマズイかなぁって思ったから。

好きな子がいる彼にとっても。彼氏と別れたばかりの、私にとっても。

……私って、すごくずるい。

先輩と別れたばかりだから、清瀬くんと一緒にいるところをほかの人に見られることを恐れている。

『もうほかの男に乗り換えてる』

先輩のファンは多いから。そんなことを言われるんじゃないかって、考えてる。

だから待ち合わせに、わざと遅れて……。

ずるすぎるよ、私……。性格、悪いよ……。

「ん、どした？」

「……なんでも、ないよ」

「ほんとに？」

首をかしげて、私の顔を覗いてくる清瀬くんに、うつむいた。

あぁ、最低なオンナ。それでも、清瀬くんと一緒にいたいって思ってる。

「大丈夫だって！」

「へ？」

「バスケ、きっと上手になるから！　あんま不安そうな顔すんなって！」

私を励まそうとしてくれた清瀬くんの言葉。

……違うのに。そうじゃ、ないのに。

「ありがとう」

「ううん！　まずはパスの練習からだな？」

のほほんと歩いていく清瀬くんの背中。

……こんなずるい考えをすることも〝恋〟の一部なのかな。

綺麗なだけが、恋じゃないのかな。私の知らないことが、まだたくさんあるのかもしれない。

恋って、なんだろう。どういうことが、恋なのだろう。

誰かを好きになること。誰かを独占《どくせん》したい気持ち。

自分だけに優しくしてほしくて、自分だけに微笑みかけてほしい。

自分が相手を想う気持ちと同じぐらい、いや、それ以上に自分のことを想ってほしくなったり。私は好きな人の特別なんだよって、証が欲しくなったり。

……いろんな自分勝手な気持ち。

忙しいってわかっていても、会いたい。

好きで、繋がっていたいのに。それがうまくいかないと、イライラして、悲しくなったりする。相手には相手の事情があったりするのに、たまにそんなの全部無視して私のことを優先してもらいたくなる。

悲しかったり寂しかったり、いろんなすれ違いが続くと、好きなのに、好きでいることを、やめたくなったりする。

先輩に恋をして学んだことが多い。恋は、楽しいだけじゃないのかもしれない。

片想いのときは、必死に好きな人の背中を追って。

見ているだけでいいって、そう思いながらも、私に気づいてほしくて、どんどん欲張りにもなる。

好きな人の言葉や表情で、一喜一憂して。心を休める暇もないほどに、動かされる。

いつだって、どんなときも、そう。恋をしたら、その人が私の心の世界になる。

その人が、私の中で一番になる。

私は、清瀬くんに恋をしている?

「こっちだよ、藤田」

清瀬くんの笑顔がまぶしい。思わず目を細めてしまうほどだ。あぁ、どうしよう。

――ドキ、ドキ、ドキ……。

この笑顔を、ずっと見ていたい。できれば、私だけに笑いかけてほしい。

こんなこと考えるなんて、私……。清瀬くんのこと……。

「……っ……」

ねぇ。好きな人がいる人を、好きになってもいいのでしょうか?

恋人と別れたばかりの私でも、恋をしてもいいんですか?

トクトクかわいらしく動く心臓に、心がむずがゆく感じる。

こんなずるい私だけど、それでも、清瀬くんに、恋をしてもいいですか?

「あ、そうだ。ボールをウチに取りに帰ってから公園に行ってもいいかな」

いつもより一駅先で電車を降りて歩いていると、清瀬くんがそう言った。

そっか。練習するのに肝心なボールのことを忘れていた。

うなずくと「ありがとう」と微笑んでくれて、少し得をしたような気持ちになる。

清瀬くんの笑顔の破壊力ったらない。

「わりぃ!　ちょっとだけ待っててな!?」

「うん」

清瀬くんの家の前に着くと、慌てた様子で玄関の扉を開けて中に入っていった。外にいるのに足音が聞こえてくる。

そんなに慌てなくても……！

そう言いたくなるほどの、慌てっぷりに含み笑い。

それにしても、ここが清瀬くんのお家……。

二階建ての一軒家。外観はどこにでもあるような感じだけど、玄関前のガーデニングを見ると整っていて、中もきっと綺麗なんだと思う。全体的に品のいい雰囲気だ。

清瀬くんのお母さんが趣味かなにかでしているのだろうか……。

なんてぼんやり思っているとバタン！と扉が開いて閉まる音がして、顔を上げると目の前には清瀬くん。

「お待たせ！　行こう！」

「ありがとうね。わざわざ」

「いいってことよ！」

ほんと、感心するほど男前な性格だなぁ。

再び歩きだして公園に着くと私はベンチにカバンを置いて、制服の袖をまくる。

普通にブランコやすべり台などがあるスペースの横に柵ひとつで区切られた広場。

同じように腕まくりしている清瀬くんと向かい合って。

「よろしくお願いします」

「おうっす!」

頭をぺこりとさげた。

清瀬くんと特訓して、うまくならなかったらどうしよう。せっかく私のために時間を割いてくれているのに、申し訳ない。

「じゃあまずパスの練習からな」

「う、うん……!」

でも、とりあえず。頑張ってみるしかない。

少し距離を取って向かい合う。

「怖がらずに取るんだよ?」

「う、うん……っ」

清瀬くんの腕からフワリと優しく投げられたボール。

お、おっと……!

慌てながらも、かろうじてキャッチすることができた。

「すげーじゃん!」

「ありがとう」

でも激しい試合中に、こんな優しいパスをしていたらきっと敵にボールを取られちゃうよね。

清瀬くんにボールを投げ返す。距離はそんなにないのに、ワンバウンドして清瀬くんにボールが渡った。

「じょじょに慣らしていこ！」

「うん」

夕方の公園に響く清瀬くんの声。清瀬くんって、心の底からいい人だなぁ……。今だってこんなに優しくしてくれて、なんだかうれしい。

——ドキドキ……。

夕陽に照らされた清瀬くんのこと、真っすぐに見れないや。

だからかな。ボールを一生懸命に目で追いかけた。心の中にできた〝もの〟を必死に隠すように。見て、見ぬふりをするように。

新しい恋をするのはまだ怖い。勇気、出ないよ。好きな人がいる人を好きになるなんて、恋愛が不得意な私には難度が高いよ。

「藤田フツーにすげーじゃん！」

何度も何度もパスを繰り返し行ううちにだんだんと慣れてきたみたい。清瀬くんに褒められて、なんだか照れてしまう。

そして、こうして練習している時間が楽しくて仕方ない。ドキドキして、ワクワクして。

清瀬くんのこと真っすぐ見られないくせに、ずっとこのまま一緒にいたい。

「うーし、今日はこの辺にしとく？」

「うん、そうだね」

日が沈みかけ、あたりが薄暗くなってきた頃。清瀬くんがそう言うので、私もうなずいた。

「清瀬くん、練習に付き合ってくれて本当にありがとね」

「ううん。言うほど藤田運動音痴じゃねーよ？」

「そんなことないよ！」

「ははっ！　そこ謙遜《けんそん》するとこ？」

だって、本当に運動は苦手なんだもん。謙遜なんかじゃないよ。

「ああーっ！　二の腕、明日筋肉痛になりそうなんだけどぉー！」

「いいじゃん。ブヨブヨのお肉が落ちるよ」

「ん？　今なんて言った？」

「な、なんでもないよ。ハハハッ」

軽くにらむと清瀬くんが両手のひらを前にして、笑った。もう、そうやってすぐ人をおばさん扱いするんだから。

まくっていた袖をなおして、ベンチに置いていたカバンを持つ。

……もう、帰らなきゃ。

「じゃあね、清瀬くん。また明日学校でね」

「なに言ってんの。駅までちゃんと送りますよー」

「えっ、いいよ！　家すぐそこじゃん！」

「女の子ひとりで帰しませんよ」

「……ありがとう」

……こんなの、反則だ。さっきは二の腕いじってきたくせに。

今度はちゃんと女の子扱いしてくれるんだもん。心は素直に喜んじゃうよ。

清瀬くんって、女の子のうれしいポイントを自然と突いちゃうから。

だからモテるんだ。

「行こうか」

「うんっ」

少し背の高い清瀬くんのとなり。近いけど、手と手は触れ合わない距離。

夕陽が私たちを見送るように、影を落としている。

となりにいる清瀬くんを盗《ぬす》み見ると不意に目が合ってそらした。

放課後の秘密の特訓。

……心の中の、私の秘密。始まったばかりの、私の秘密。

9

君の背中を

「わあ！　すごいっ！　綾乃どうしたの⁉」

いよいよ球技大会を明日に控《ひか》えた体育の時間。

バスケットボールをゴールに向かって投げたら、見事にシュートが決まって、みんなが驚いたような顔をしてみせた。

「……へへっ。一週間みっちりやった清瀬くんとの練習の成果が出てるんだっ！　ちょっと練習したの。みんなに迷惑かけられないでしょ？」

「ほんとすごいよ、綾乃！　これで私たちの優勝も見えてきたね⁉」

興奮気味に話すユカにちょっぴりうれしくなって、笑ってしまう。チラッと男子バスケのほうにいる清瀬くんを見ると、目が合って微笑まれた。

まるで〝よかったな〟って、言ってくれているみたい。

……カッコいいなぁ。みんなに俺がトレーニングしたんだよって、言いふらすんじゃなくて。陰から見守ってくれている感じが男らしくてすごく好感をもてる。

「綾乃～！　教室戻るよ～！」

「うん……‼」

体育の授業が終わって、ユカと教室に戻る。

渡り廊下を歩いて本校舎に入ると目の前に偶然にも修二先輩たちグループがいて。

「あっ……」

「綾乃」

私を見つけた先輩がそう私の名前を呼ぶ。

ちょっとごめんと、友達に声をかけるとこちらに歩み寄る先輩。

付き合っていたときに欲しかったそのまなざしに気まずくなってまばたきをゆっくり繰り返した。

「体育終わり？」

「はい。球技大会の練習で……」

「そっか！　明日どこで出るの？」

「バスケ、だよ」

「バスケか！　ちなみに俺もバスケ」

先輩もバスケなんだ……。先輩は運動神経がいいから。

きっとサッカーじゃなくても、カッコよくやってみせるんだろうなぁ。

想像すると胸がキュッとした。

「綾乃」

「はい？」

「俺も球技大会頑張るから」

「うん……？」

「ちゃん見ててくれ」

修二、先輩……。

コクッとうなずくと、ニコッと先輩が笑って。先輩たちグループが教室のほうに戻っていった。

「先輩、やっぱりまだ綾乃に未練あるんだね」

「……うん」

ユカの言葉に、小さくつぶやく。

あきらめないって、言っていたし……。それは間違いないんじゃないかと思う。

私のことを見つけて話しかけてくれたし。

まるで、付き合う前みたいだ。

私の気持ちが離れる前に先輩が私のことちゃんと見ていてくれたら……なんて思ったらワガママかな。

今さらなにをしても、なにを思っても過去は変えられないけれど。先輩との恋は全体的に不完全燃焼だったから、別れた今でももっと早く私が先輩に気持ちを伝えていたら……なんて考えてしまう。

そうしたら、清瀬くんのこと、友達だよって素直に言える関係になっていたのかもしれない。ラブレターの相手との恋を応援できたのかもしれない。

人を好きになるって、きっと楽しいことばかりじゃない。

私が相手のことが好きでも、相手がなにを考えているかわからなくて。

好きだから、どうしようもなく不安で。好きだから、つらくて、苦しくて。

うまくいかなくて泣きたくなることもたくさんある。

最初は好きになってくれただけでうれしかったのに、付き合い始めるともっとこうしてほしいとか、どうしてなの？　って、疑問だって増えてくる。

相手の心が見えないぶん、手探りの毎日で。

本当に恋って難しいのに。なのにどうしてみんな恋をするんだろう？

どうして何度でも恋をしたいと、願ってしまうんだろう……。

＊＊＊

「ばいばーい！」

「また明日ねっ！」

放課後の教室。とうとう明日はみんなが待ちに待った球技大会だ。

あれから毎日清瀬くんには練習に付き合ってもらって、やれることはやったつもりだけど。

どうしよ、不安すぎる。私がミスして、チームが負けちゃったら……なんて考えると胃が痛くなる。

「綾乃！」

「ユカ」

「明日は頑張ろうね！」

「うん、頑張ろうね……っ！」

明るく声をかけてくれたユカに、引きつりそうな顔を強引に笑顔にしてみせた。

そして今日も部活があるユカとバイバイをして、私も教室を出た。

「おい、太陽‼」

「うおっ⁉　なんだよ⁉」

すると友達と笑ってじゃれあう清瀬くんの姿が目に入る。

――ドキッ！

「あはは！　やめろって……！」

めちゃくちゃ笑顔だ。

顔をくしゃくしゃにして、お腹をかかえて笑う彼の表情を見て、トクトク心臓が動くのがわかる。

目立つなぁ、清瀬くんって。どこにいても、きっと見つけられると思う。

声は大きいし。人気者のオーラもあるし。

いつも笑っている清瀬くんの周りだけキラキラして見えるの。

それになんだか……目がいっちゃう。

清瀬くんのいるところに。視線はいつだって真っすぐに、清瀬くんへ向かう。

「…………」

帰ろう。無意識に足を止めて清瀬くんのことを見ていたことに気づいて歩みを進める。

「あっははは！　太陽くんおもしろ～い！」

「きゃはは！」

いつの間にかそこに女子たちが加わっていて、すごくにぎやかなグループのでき上がり。

今、清瀬くんと話している女の子も。清瀬くんのそばにいる、あの子も。

清瀬くんのことが好きだったりするのかな？

ちょっと気の強そうな子たち。きっとクラスの中でも目立つ位置にいるんだろうな。

同じクラスになったことないから、わからないけど。

でも最近の合同体育で、よく清瀬くんに絡《から》んでいるのを見た。

「…………」

今、胸が、ちょっとだけチクッとした。

感じた痛みに知らん顔をして、下駄箱で上履きからローファーに履き替える。

……思えば、ここで清瀬くんのラブレターを拾ってからだよね。

いろんなことが動きだしたのは。それまでの私はずっと立ち止まっていたと思う。

先輩とのこと、あんまり考えないようにしていたから。

だけど、清瀬くんの書いたラブレターを見て。私の忘れかけていた気持ちがよみがえったんだ。

……誰かを好きになる純粋な気持ち。

すごく綺麗だと思った。真っすぐで、透明《とうめい》で。強くて、ひたむきで。

そんな想いに、私も惹かれた。

私もそんなふうに恋をしたいと思ったし、私もそんなふうに愛されたいと思った。

清瀬くんの恋に憧れたんだ。

「ふーじたっ！」

「き、清瀬くん……⁉」

「なに難しい顔してんの？」

突然現れた彼に心臓が飛び出すかと思った。

さっきまであっちにいたのに、いつの間に⁉

……ほんと、やめてほしい。心臓が痛いほど、びっくりした。

「な、なんでもないよ……！」

はてなマークを浮かべた清瀬くんが私の顔を覗くもんだから、落ち着かなくて。

あぁ、ドキドキした……。ううん。今もしたまま……。

「そう？　あっ、明日だな、球技大会！」

「う、うん！　そうだねっ！」

「なに？　不安だから怖い顔してたとか？」

「えっ？」

そんなに怖い顔してたの、私。

「藤田なら大丈夫だよ！　たっくさん練習したし」

「うん」

そうじゃないんだけど。清瀬くんが女の子に囲まれていて妬《ねた》ましくなったとか。

清瀬くんのラブレター拾ったときのことを思い出していたとか。

そんなこと、とてもじゃないけど恥ずかしくて言えない。

「ありがとう、清瀬くん」

「いいえ！　一緒に帰ろう？」

「……うん」

ねぇ、清瀬くん。清瀬くんはなにげなくこうして私のとなりにいてくれて、一緒に帰ろうと誘ってくれているのかもしれない。

もしかしたら、清瀬くんは優しいから。

私が明日のことで悩んでいると思って励まそうと、一緒に帰ってくれているのかもしれないね。

……でも、知りたいと思ってしまう。清瀬くんはどんな気持ちで私に『一緒に帰ろう』って言ってくれたの？

なにげない、言葉の裏。その奥。そこにはどんな気持ちがあるの？

……って、ただ単に、帰り道が同じだけだよね。それ以上の理由なんてあるはずない。

清瀬くんにとって私は友達。それ以上でも、以下でもない。わかってることじゃん。

清瀬くんには好きな人がいるんだから。

あの、清瀬くんの気持ちがたくさんこもったラブレターの相手。

初めてあの手紙を見たとき、すごく感動した。人を好きになることのひたむきさを思い出した。届けばいいなぁって、そう思ったのに……。

清瀬くんの恋がうまくいけばいいって、そう思ってた。だけど今は、とてもじゃないけどそんなふうに思えないよ。

やっぱり、私、清瀬くんのこと……。

「やっぱ今日の藤田、変‼」

「えっ？」

「熱でもある？」

「ひゃっ……⁉」

心配そうな顔をして、私のおでこに熱がないか確かめるように触れた清瀬くんの手。

ちょ、清瀬くん⁉

「んー、熱はないかな……？」

「な、ないよ！　熱なんてっ！」

「いつもはなにがそんなにおもしろいのってぐらい笑ってんのに、今日の藤田はなんつーか……えっと……笑顔がぎこちない‼」

ひらめいたようにビシッと言ってのけた清瀬くんに目を丸くする。

「そんなことないよっ！」

「いいや、俺の目はごまかせません」

「なんでよ。好きな女の子のことしか見てないくせに」

言葉にしてから、言ったことを後悔した。

今の言い方、ちょっと嫌な感じだったかも……。

それに、今の言い方だと清瀬くんの好きな子に嫉妬《しっと》してますって言っているようなもんじゃない？

墓穴を掘ったかも。

「うん、見てるよ。ずっと」

え……？

「その子のことしか見えてないし、俺」

いつにもまして真剣な表情と声。思わず泣きそうになるのをくっとこらえる。

「告白しないの？」

「するよ。いつかは」

淡々《たんたん》と話す清瀬くんに「そっか」とひと言。私から聞いておいてそっかのひと言しか言えないなんて。

でも、そのいつかに、清瀬くんが告白して、相手の女の子がＯＫしたら……。もちろんふたりは付き合うわけで。

それで手も繋いで。デートだってしてて。キスとか、ハグとか……。たくさんの特別なことを、ふたりでする。

あぁ、なんか。想像すると、切ないや。それでも私は笑って。

「うまくいくといいね」

そんなことみじんも思っていないのに。君の背中を押すんだ。
私の強がりに、どうか気づかないで……。

10

清瀬くんが……好き

そして迎えた球技大会当日。天気は晴れ。最高の決戦日和。

いつものように制服に着替えて、お母さんのスクランブルエッグを食べて家を出た。みんなの足を引っぱらないように頑張らなくっちゃ。

「おはよう、藤田！」

「おはよう」

時間どおりに来た電車に乗りこむと、まぶしい笑顔の清瀬くんがいて、条件反射のように笑顔になる。

ここ最近はまた清瀬くんと同じ時間の電車に乗るようにした。一時期は気まずくて避《さ》けていた時期もあったけど。

やっぱり、その……会いたいし。

「あ、今日髪の毛まとめてるんだぁ！」

「えっ……うんっ」

そう。普段は鎖骨《さこつ》下まである髪の毛はそのままにしてあるんだけど、今日は一日球技大会だし、ポニーテールにしたんだ。

気づいてくれたんだ……。うれしい。

清瀬くんって、そんな女の子の髪型とか服装とかの変化にうとそうなのに。気づいてくれたことが、うれしい。

「似合ってるよ」

「ありがとう」

「かわいい」

「〜〜っ！　あ、ありがとう‼」

わざとらしく、私をからかうように低い声を出してる清瀬くん。

ほら、めちゃくちゃ笑ってるし。からかわれてる。

「くくっ！　藤田、耳まで真っ赤だよ」

「うるっさいなぁ！　暑いだけだもんっ！」

ちょっと、笑いすぎだし。

声を出さないように押し殺しながら肩とのどで爆笑する清瀬くんに顔を赤くして見る。

前に私に笑いのツボが浅いとかって言っていたけど、清瀬くんも人のこと言えないんじゃない？

「もうっ、清瀬くんなんか知んない」

「ごめんって！　……許せ、藤田」

「あの漫画《まんが》の名シーンっぽく言ってもダメだからね」

「あ、わかった？」

「うん、まあ一応。その漫画好きだし」

「マジで！　俺も！」

そのあと学校の最寄り駅に着くまでの間、その漫画についてふたりで話した。

あのシーンが好きだとか。あのセリフがよかったとか。

「まさか藤田が少年漫画好きだなんて、意外だった」

電車を降りて、改札を抜ける。

私も清瀬くんとこんなに漫画の話題で盛り上がれるなんて思ってもみなかった。

ほんと、私たちって……。

「気が合うよな、俺たち！」

「私も今そう思った！」

私もちょうどそう思ってたところだから、清瀬くんの言葉に驚きを隠せない。

好きな人と同じ瞬間に、同じことを考えていたなんて。シンプルにすごい。

運命だなんて言葉は大げさかもしれないけれど、そんなロマンチックな言葉も使いたくなる。

「俺たち付き合ったらうまくいったりしてな！」

「……!?」

笑いとばしながら言った清瀬くんの言葉に心からびっくりしてむせた。なにを言いだすんだ、この人。そんなの……。

「あ、あり得ないでしょ～～」

「……だな」

「うん！　だって清瀬くん好きな子一筋じゃん！」

「……まあね」

清瀬くんに同調するように大げさに笑いながら言ったつもり。

わかっていた返答だけど、ちょっと傷つくかも……。

付き合ったらうまくいくかもと言われて一瞬舞い上がってしまった自分が恥ずかしくて「あり得ないでしょ」なんて言ってしまったけど。

肯定《こうてい》されると、しんどいな、ハハ……。

「清瀬くん」

「ん？」

「……なんでもない」

呼んでみたくなった、って言ったらどう思う？　バカだなって笑う？

「はは！　なんだよっ！　寂しいのか？」

「違うし！」

「なぐさめてあげよーか？」

「だから違うって！」

いくら否定しても、ニヤニヤしたままの清瀬くん。

でもほんとは、そうなのかもしれない。

清瀬くんの好きな子が誰か知らないけど、この間からずっと嫉妬してる。こんなにステキな人に想われている女の子がうらやましい。

「藤田かわいいな〜〜」

「そうやってからかうのやめてよ」

「ははっ！　ごめんごめん。ついね。でもかわいいと思ってるのはほんと」

「……っ……」

本気でやめてほしい。好きな人にかわいいなんて言われて、うれしくないわけない。

あぁ、顔が熱い……。

「あっ、ふたりともおはよう！」

校門を抜けて、本校舎の前。昇降口のところ。

たくさんの生徒の中で、ユカが私たちに向かって手を振っている。

そうだ。秘密にされている対戦表を大会当日の朝にはあの場所に貼《は》っておくって、昨日、先生が言っていたっけ。

だからみんなどのクラスと勝負をするのかを見に来ているんだ。

ランダムに選ばれた対戦相手が四クラス。勝ち数が多いチームの優勝。

同率だった場合は勝ち点で勝敗が決まる……らしい。

「ねぇ見てよ綾乃。私らしょっぱなから先輩たちとだよ～！　ついてないね」

「え、嘘！」

……うわ、本当だ。ユカの言葉にトーナメント表を見ると三年生の女子と対戦することになっている。

「マジか。頑張れよ、ふたりとも」

「ほぉー？　応援してくれるんだ？」

「うちのクラスとあたったら、そりゃ応援できねーけど」

「なんでよ、応援してよ！」

「なんでだよ！」

清瀬くんとユカ、ふたりの言い合いを聞いていておもしろいのに、胸の奥がザワザワしてしまう。

……友達に嫉妬なんかしたくないのに。でも清瀬くんはたぶん、ユカのこと……。

そこまで考えて、頭を振って頭の中の邪念を打ち消す。

ダメダメ！　球技大会に集中しなくっちゃ！

と、その時。

「綾乃、おはよ」

「あっ、先輩……」

うしろから現れたのは修二先輩だった。左手をポケットに入れてこちらに歩み寄る。

「先輩、おはようございます！」

「……おはようございます」

「うん、ふたりともおはよう」

ユカと清瀬くんの挨拶にもニコッと笑って返した先輩。

……やっぱり先輩は爽やかだなぁ。清瀬くんも爽やかだと思うけど、ジャンルが違うっていうか。

先輩はみんなの間を颯爽《さっそう》と駆ける風みたいなイメージだけど。

清瀬くんは……名前のとおり、太陽。みんなを明るく照らし続ける、太陽。

うん。そんな感じ。

「今日の球技大会、お互い頑張ろうな」

「はい！　頑張りましょう！」

「時間が合えば応援に来てくれる？」

「えっ……」

先輩の言葉にそう短く声を漏らす。先輩のすぐそばにいる清瀬くんが視界に入って、心が揺れる感覚がした。

「はい……。行きます」

「ありがと。じゃあ待ってるから」

複雑な心境のままうなずいてみせると、先輩は一度だけ清瀬くんを見てから私たちに背を向けて、行ってしまった。

清瀬くんの前で、先輩とこんな約束。

もしかして先輩、わかっていて、わざと清瀬くんの前で？

私が清瀬くんのこと気になっているの、知っているし。そうかもしれない。

「先輩ってまだ藤田に気があんの？」

「えっ……？」

清瀬くんの言葉に、ぼうっとしていた私は肩を揺らして清瀬くんを見る。

彼の表情が少しこわばっているのは気のせい？

声も、心なしかトゲトゲしているような？

「たぶん……そう、だと思う」

「ふぅーん？」

「なんで？」

「いや、べつに……」

清瀬くん……？

いつもと様子が違う清瀬くんを首をかしげて見ると、それに気づいた清瀬くんがニコッと笑って。

「なんでもないよ！　教室に行こう！」

「う、うん……？」

なんだったんだろう今の。よく、わかんない。

口を尖らせて、少し考えごとをしていたような真面目な表情だった。

でも普段の清瀬くんに戻ったから、私たちはそのまま自分たちのクラスに向かい、清瀬くんとは教室の前で別れた。

「綾乃、最近太陽と仲いいよね？」

「え……」

制服の下にあらかじめ着てきていた体操着姿になった私に、ユカがニヤニヤしながらそんなことを言ってきた。

「ちっ、違うよ……！　ただ乗ってる電車が同じだから、その……っ」

「それだけー？　綾乃は太陽のことどう思ってるの？　太陽モテるじゃん。付き合っちゃえばいいのにー」

思いがけないユカの質問に言葉がつまる。

どう、思ってるって……。それは……。

でも清瀬くんはユカのことが好きかもしれないし……っ。

「っ、ただの友達だよ。付き合うとか……あり得ないしっ」

できるだけ平常心で言ったつもり。動揺《どうよう》した自分を隠すように、できるだけ明るく笑って。

「そっか。じゃあ私が太陽と付き合っちゃってもいいの～？」

ユカの言葉に、血の気が引いていくのがわかる。

な、んで……そんなこと。

清瀬くんとユカが付き合うのなんて、嫌だよ。

自分でも都合のいいこと言っているのはわかってる。

それでも嫌だって、心が叫んでいる。ダメって。嫌だよって、言いたい。

なのに……。

「べつに……私には、関係ないし……」

心にもないことを言って。痛む心にも、気づかないふりをした。

「ふーん、そっか」

「うん。ユカは清瀬くんのこと好きなの？」

「え？　あ、いや、全然。好きじゃないよー」

「えっ！　じゃあなんで付き合ってもいいのー？なんて言ったの⁉」

「だって、綾乃が太陽と仲良しだから。付き合えばいいと思ったのは本当だもん」

本当だもん……って。テヘッと笑うユカに少しだけあきれた。

……一瞬ためされたのかと思った。ユカは私の親友だから。

私の清瀬くんへの気持ちに気づいて……それで私に清瀬くんと付き合えば？　なんて言ったのかと。

もしそうだったとしたら、清瀬くん的にはまずいのでは……？

もし仮に、清瀬くんが本当にユカのことが好きで……。

その好きな人であるユカが、私と清瀬くんがうまくいけばいいって思っている、この状況はかなりまずい気がする。

「…………」

あれ、もしかして、私、清瀬くんの恋の邪魔をしている？

「そろそろ体育館行くよ！　開会式始まっちゃう」

「う、うん！」

ユカの呼びかけに慌ててあとを追いかけた。

ど、どうしよう……。

＊＊＊

全校生徒が集まる体育館はガヤガヤとしていて優勝を目指すみんなの熱気がすごい。

となりのクラスの人たちが並んでいるほうを見ると友達と楽しそうに笑う清瀬くんの姿。

……清瀬くんの邪魔なんかしたくない。つらいときに相談に乗ってくれて、男らしく元気づけてくれた。たくさん優しくしてもらって、バスケの練習にも付き合ってもらった。

清瀬くんと誰かが付き合うなんて聞いたら、きっと胸が張り裂けちゃうんじゃないかって思うぐらい痛くなると思う。だけど……。

──『俺、藤田の幸せ願ってるから』

──『ははははっ！』

私は清瀬くんの笑顔が好きだから、奪うようなことしたくない。

私が清瀬くんのそばにいることで、清瀬くんの恋を邪魔しちゃうなら……。

私は、清瀬くんのそばにはいられない。

「綾乃～。私ら試合まで時間あるけど、どうする？」

開会式が終わってそれぞれバラけだしたとき、ユカが私にそう言った。

「えっと……」

「太陽たちのクラス、もう試合あるみたいだね」

昇降口に貼られてあったトーナメント表が、体育館のうしろにも貼られていた。

清瀬くんのクラスか……。見に行きたい、応援したいって気持ちが大きい。

だけど見に行って、自分の気持ちに拍車をかけるなんて、したくない。

「あっ、しかも修二先輩たちのクラスと対戦じゃない？」

ユカの言葉に再び表を見る。本当だ……。

コートのほうを見ると清瀬くんのクラスと先輩のクラスがひとつのコートに集まって準備体操などをしている。

「見に行こっ！」

「あ、ちょっとユカ！」

強引に私の手を引くユカに体勢を崩しながらもついていく。

うう……。今は清瀬くんのところには行きたくないんだけどなぁ……。

「修二くん頑張ってー！」

「キャー！　修二せんぱーい！」

体育館に響く女子の黄色い声。さすが修二先輩だ。先輩のファンの女の子がコートを取り囲んでいる。

その迫力に圧倒されながらコートの近くに来た私を見てその女子たちがにらみをきかせる。

「なんで、元カノが来るわけ、元カノが」

「ほんと。先輩に振られたのに、しつこいよねぇ〜」

――ズキッ。

わざと聞こえるように言われた言葉たちに胸が痛くなる。

……居心地が悪い。

悔《くや》しさに唇をキュッと噛んで目線を下にしていると目の前で立ち止まった足音。

「どうしたの、藤田」

「清瀬くん……」

顔を上げると、首をかしげる清瀬くんの姿があった。

きょとんとしたそのあどけない表情にズキズキしていた心の痛みが少しずつ緩和《かんわ》されていく感覚。

清瀬くん……。

「藤田、スマイルスマイル！」

「え？」

「藤田が笑っててくれなきゃ。俺、頑張れねーんだけど？」

──ドキンッ。

フッとこぼすように笑うと、私の頭にポンと一度手を置いてクラスメイトのところへ走っていってしまった清瀬くんを目で追った。プシューッと音を立てて赤くなる顔を、両手で包みこんだ。

違う、違う！

清瀬くんは、様子の変な私を勇気づけるために言っただけだからね!?

勘違いしないでよ、私！

頭に手を置いたのもきっと清瀬くんの気まぐれだよ。気分屋だし彼。

「…………」

トクトクなり続ける胸の鼓動《こどう》を感じて。苦しくて、でも、幸せで。

我慢してもあふれてくる気持ちを抱きしめて、彼を見つめる。

ねえ、清瀬くん。やっぱり無理そうだ、私。自分の気持ちにこれ以上気づかないふりするの。

あのラブレターを拾った頃のように、清瀬くんの恋を応援できる私になろうって、そう思っていたけれど。

──ピー！

ホイッスルの合図で試合が始まった。

好きな人がいる人を好きになったらどうしたらいいの。

清瀬くんは私の幸せを願ってくれたのに、私は清瀬くんの幸せを願えない。

本当なら、君のそばにいないほうが君のためになるよね。でもごめん。

あきらめたくても、あきらめきれないよ。清瀬くんが好きだ……私……。

胸がすっごく痛い。片想いの切なさに、胸が痛い。

胸に手をあてると、泣きそうになるのをくっとこらえた。

「先輩頑張れ！」

「せんぱーいっ！」

耳が痛くなるほどの、先輩への声援。それでも、私の目は真っすぐに清瀬くんを見つめている。清瀬くんだけを。

頑張れ……。頑張れ……。清瀬くん。

「清瀬くーん！」

「太陽‼　負けんなっ‼」

その時。清瀬くんに向けられた声があることに気づいた。同級生の女子たちの声だ。

「え、あの子かわいくない？」

「ほんとだぁ。二年？」

そしてそんな先輩たちの声まで聞こえてきた。

……やだ。見ないで。誰も。もう誰も、清瀬くんのこと、好きにならないで……‼

「……っ……」

唇を噛む。そんな心の叫びは、誰にも届くはずなんてない。

そんな自分勝手な気持ち、かなうわけない。

清瀬くんみたいに魅力的な人を、独り占《じ》めできるわけがない。

こんなことを考えてしまう、私なんかが……っ。

「太陽ナイッシュー！」

「ヒュー！」

清瀬くんがシュートを決めて歓声があがる。

ふと清瀬くんを見ると偶然にも目が合ってドキッと胸が跳ねた。

そしてニィッといつものように笑って。

「……っ……」

私に向かって真っすぐ突き出したピースサイン。

それはまるで〝へへっ、すげぇだろ！〟っていつもの調子で言われているみたいで。

私も思わず笑って、ピースサインを返した。

……こんなに悩んでいても。胸がギュッってしていても。

清瀬くんはそんなことまるでおかまいなしに、私のことを笑顔にするんだ。

清瀬くんと関わると、楽しくて仕方ないよ。
笑ってるんだ、いつも。笑顔にしてもらってる。
清瀬くんの、その、持ち前の明るさに私もつられて。
そんな清瀬くんが……好き。

11

ご褒美ちょうだい

「試合終了《しゅうりょう》ーー！」

長いホイッスルが鳴り終わって、清瀬くんのクラスと先輩のクラスの試合が終わった。

……清瀬くんの活躍もむなしく、先輩たちの勝利だ。

「あんなに向こうを応援されたら勝てないよね」

「うん」

ユカの言葉にうなずく。女子たちの圧巻の応援でアウェイだった清瀬くんたちのクラス。ノリに乗った先輩たちの猛攻《もうこう》を防ぐことができなかった。

……でも。

「ふっは！　負けちったな！」

チームメイトとはしゃぐ清瀬くんは負けたのにあんなにも楽しそう。キラキラした顔で笑っていて、だからか私も少し笑っちゃう。どんなときでも、清瀬くんは、清瀬くんだ。

「綾乃」

「先輩」

ユカと立ちつくしていた私にうしろから声をかけたのは修二先輩。

「応援しに来てくれてサンキューな」

「えっ……？」

「綾乃のおかげで勝てたよ」

あ……。約束していたから、先輩は私が自分の応援をしていたと思ってるんだ。

本当は清瀬くんの応援をしていました、なんてとても言えないな……。

「えっと……」

「このまま優勝したらなにかしてくれる？」

なにかって……え⁉

ニヤッとなにかを企《たくら》む、そんなイタズラっ子のような表情の先輩。

先輩……？

「ご褒美くれない？」

「ご、ご褒美？」

「ん。俺の言うこと、ひとつだけ聞いてくれない？」

「……？」

先輩の言うことを？　ひとつ聞く？

「なんですか？」

「まだ内緒。優勝できたら言うから」

ふっと先輩がこぼす笑み。そして私の頭をポンポンとなでると、クラスメイトのほうへ行ってしまった。

うぅ……。こういうのされちゃうと、付き合っていた頃を思い出しちゃう。

まだ付き合いたてで、先輩との時間も充実《じゅうじつ》していた頃。先輩はよく、私の頭をなでてくれた。

それが先輩の愛情表現なんだって思ったら、なんだかうれしくて……。

「先輩ってば積極的だねぇ」

「うん……」

「綾乃は先輩とやり直す気はないの？」

「えっ？」

ユカの言葉に目を見開く。

やり直す……？　先輩と……？

「あんなに好きだったじゃん。やり直せるんじゃないの？」

先輩のことは……たしかにすごくすごく大好きだった。心から好きで。その想いはずっと続いていくと思っていた。

なのに、今は……なにも想像できない。先輩と恋人同士になって、笑いあってる絵図。

デートをしたり、キスをしたり。不思議に感じるぐらい、なにも想像がつかない。

考えられない。

「ふーじた！」

「清瀬くん」

「せっかく見ててくれてたのに負けちまったなぁ」

頭をガシガシかきながら笑う清瀬くんに一瞬で胸の中が清瀬くんの色になる。

あっという間に釘《くぎ》づけにされるのは、きっと清瀬くんが魅力的だから。

……いや、ただ単に私が清瀬くんのこと好きなだけなのかも。

「修二先輩への応援すごかったなっ」

「うん、ほんと」

「藤田も先輩のほう応援してたりして？」

えっ……！

「ち、違うよ……！　わ、私は……っ！」

言葉の続きを言うか、言わないかを少しだけ悩む。

さっきまで私と話していたユカは今は違う友達と話していて。誰も私たちに注目していない。

試合と試合の合間の時間。みんなが各自で話にふけっていて、ザワザワした体育館。

……誰も私のこと見ていない。だったら言ってもいいかな。少しだけ。清瀬くんへの気持ちをひとかけらだけでも。バレたりしないよね？

「藤田？」

「……私は」

「……？」

「先輩じゃなくて……清瀬くんの応援してたんだよ」

恥ずかしくて、とてもじゃないけれど清瀬くんの顔が見られない。

……は、恥ずかしすぎる……‼

だけど。ほかの誰かにどう思われていたってかまわないけれど、清瀬くんにだけは、勘違いをされていたくない。

清瀬くん、だけには……。好き、だから。

「ふは！」

ふとその時。うつむく私の頭上から噴き出すような笑い声がした。

「ははっ、うん、そっか」

「え⁉」

「なんでもないよ。うれしいだけ」

「……っ！」

おかしそうに、でも、本当にうれしそうに笑う清瀬くんに面食らう。軽く握った手で口もとを隠しながら、目を細めて。

……そんな反応しないでほしい。期待しちゃう。私、調子がいいから。

清瀬くんに好きな人がいることなんて忘れてしまって、喜んでしまいそうになる。

「清瀬くんの好きな子、今の試合見に来てた？」

……どうして聞いてしまうんだろう。

聞きたくないのに、聞きたい。知りたくないのに、知りたい。

「うん。見てくれてたよ」

——ズキッ！

胸が痛くなって、思わず顔をしかめそうになるのを必死にこらえた。

「そっかぁ！　よかったね？」

清瀬くんに変な気を使わせないように、笑ってみせる。

今の試合、ユカも見ていたから……やっぱり清瀬くんの好きな人って、ユカ？

聞きたいけど、そこまでは聞けない。

好きな人の好きな人が、親友だなんて知ったら、きっと立ち直れない。

それなら今のまま。知らないままがいい。

「なぁ、藤田」

「ん？　なに？」

「俺の好きな人、教えてあげよっか？」

……え？

頬を少し赤らめながら、目線を横にずらして恥ずかしそうに話しだした清瀬くんに、胸がドックンと跳ねた。ちょ、ちょっと待って。

「俺の好きな人は……」

「おーい、太陽ぉ〜！　次の試合お前、審判だろ！　早く来いよ！」

遠くから清瀬くんを呼ぶ男の子の声。そちらを見て清瀬くんに目を向けるとバチ！とぶつかる目線。

「い、行ってきなよ」

「う、うん……」

「またね」

「ん、じゃあな」

ぎこちない空気が流れていたのが、清瀬くんが走っていってしまったことによって終わる。

……なんだったの、今のは。ていうか、清瀬くんなんで？

『俺の好きな人、教えてあげよっか？』

なんで急に？

『俺の好きな人は……』

その続きはなんだったの？

考えると、胸が痛くなる。清瀬くんの好きな人を知ってしまったら応援しなきゃいけなくなる。

そしてきっとその人のことを……応援できなくなる。

たとえば、清瀬くんの好きな人がユカだったとしたら。私はきっとユカのことをよく思えなくなるかもしれない。友達なのに……。

私が清瀬くんの好きな人になりたいって清瀬くんが知ったらどう思うかな？

離れて、行っちゃうの、かな……。困らせちゃうよね？

清瀬くんには好きな人がいるのに、友達だと思ってくれている私に好意を抱かれているなんて知ったら、きっと優しい清瀬くんだから、悩ませてしまう。

だけど本音として、かなうのなら、私が清瀬くんの彼女になりたい。

清瀬くんに好きになってもらいたい。

でも、きっと。私じゃ、ダメなんだよね。

清瀬くんは、清瀬くんの好きな女の子から好きになってもらいたいよね？

……あぁ。胸が痛い。

こんなに胸が痛むほど、いつの間にか清瀬くんのこと好きになっていたんだね。

清瀬くんの好きな人になりたいよ。

「ハァ……」

恋って、やっぱり難しい。シンプルにはうまくいかない。

好きって感情は私のことを幸せにしてくれるけど、同時に苦しみもくれる。

楽しいってだけじゃ、ダメみたい。

「次、私たちの試合だね」

ユカがそう言うと一組のみんなを呼び集めている。

……とうとう来てしまった。

あぁ、清瀬くんとやってきた練習と同じようにうまくできるか心配だよ……。

ぐるぐる不安になる胸をかかえてコートのほうに向かうと、そこには審判の目印である赤いゼッケンを着た清瀬くんがいて。

え、あ、嘘。清瀬くんが審判する試合って、私たちのクラスの試合だったんだ。

「……っ……」

目が合うと、ニッと笑う彼。すると清瀬くんの口が大きく動く。

……ん？

「が……ん、ば……れ……？」

清瀬くんの口もとがたしかにそう動いたのを私は見た。

――ドキッ！

『頑張れ』

大好きな人からの、秘密の応援。

胸がドキドキして仕方ない。まるで、魔法みたいだなと、思った。君のひと言だけで私はなんでも頑張れる気がする。

笑って大きくうなずくとクラスメイトの横に並んで対戦相手と整列した。

「よろしくお願いします！」

かけ声とともに散り散りにコートに広がっていくチームメイト。

さっきまで不安だったけど、なんか元気になってきた！

清瀬くんに応援されただけでこんなに変わるなんて、私って単純なやつ。

もし、清瀬くんが審判の当番じゃなかったとしたら、私の試合を応援しに来てくれたかな。

たとえば、清瀬くんの好きな人がいなかったとしても、私を応援しに来てくれた？

ふとコートの外を見ると修二先輩の姿も見えた。

……先輩、応援に来てくれたんだ。

「ねぇ、藤田さん」

「……？」

突然かけられた声に振り向くと、対戦相手の先輩が腕を組んで立っていた。

あ……この先輩。

たしか以前、修二先輩の部活の応援をしていたときによく見かけていた人だ。

「修二くんと別れたんだよね？」

「そう、ですけど……」

なに……？

威圧的な先輩の態度。強気な声と目線に、私を攻撃しようとしているのがわかる。

「ふーん？　じゃあ修二くんにまとわりつくのやめてくれない？　いいかげん目障りなんだけど」

「……!?」

先輩の綺麗な顔とは裏腹に、どこからそんな声が出ているのかわからないような低い声。背筋が氷る。

「あっ、修二くぅーん！」

するとまた、甘い声で向こうにいる修二先輩に手を振る目の前の先輩。

なんなのこの人。なにこの変わりようは。怖い。

――ピー！

試合が始まるホイッスル。ジャンプボールがあって、本格的にみんなが動きだす。

ヤバイ。先輩に気を取られすぎて出遅れた。慌てて動きだした、その時。

──ドン！

「……っ……」

肩に衝撃が走る。勢いよく体育館の地面に倒れこんでしまった。一瞬の出来事。

ひとつの体育館でいくつもの試合が行われているなか、私の転倒する音なんてすごくちっぽけなこと。でも、ちょっと待って。

「……っ……」

いったいなんなのあの先輩!! 今、私のこと完全に押したよね!?

こんなことされる筋合いないんですけどっ!?

「綾乃っ、大丈夫？」

転んだ私に気づいたユカが声をかけてくれた。私が「うん！」とうなずいて立ち上がろうとしたときだった。

──ズキッ！

鈍《にぶ》い痛みが、足首に響く。嘘でしょ。もしかして、転んだときひねった？

できるだけ平常心で立ち上がり、苦しい顔を隠す。チームに迷惑をかけたくないから。

「綾乃っ、パス！」

クラスメイトから受け取ったパス。

走るたびにズキズキするおぼつかない足で痛みを我慢しながら、ドリブルをする。

「あっ……」

だけど、ただでさえヘナチョコな私のドリブル。簡単に相手チームにボールを奪われてしまった。

「ドンマイ！」

「ごめん……っ」

ユカに背中をポンと優しく叩かれて、足を止めた。膝に両手を置いて肩で息をする。

私……足を引っぱってる。清瀬くんと、あんなに必死に練習したのに。

こんなのって、ないよ。悔しい……っ。

――ピー！

「ありがとうございましたぁー！」

試合終了を知らせる笛の音。整列してみんなでいっせいに頭をさげる。

……負けた。私が、足を引っぱったからだ……。

顔を上げて、私のことを押した先輩を見るとなんだか誇《ほこ》らしげに笑っているように見えて……ムカつく。心の底からムカつく。

「綾乃～、負けちゃったね」

「ごめんね、ユカぁ。私のせいで」

「えっ？　綾乃のせいだなんて誰も思ってないよ？」

ユカの言葉に罪悪感でいっぱいの心が少し軽くなる。

だけど、私がボールを持っていたから相手チームにたくさんボールを奪われたのは事実。

精いっぱいやるつもりだったのに、足をねんざしてしまって、納得のいくプレーができなかった……。

「私ちょっとトイレ行ってくるね」

「うん、わかった」

ユカにそう言うと、足を引きずらないよう、歩き方が不自然に見えないように注意しながら歩いた。

体育館と校舎を繋ぐ渡り廊下。そこまで歩いて痛む足に我慢できずに立ち止まる。

そして私のもとへ近づいてくる足音。

「藤田‼」

呼ばれてうしろを振り向く。走ってきたのか、肩で息をするのはまさかの清瀬くんだった。

え？　清瀬くん、なんで……？

「足、大丈夫かよ」

「えっ、なんでそのこと……っ」

「それで隠してるつもり？」

「なっ……！」

「俺に隠しごとなんて十年早い！」

ビシッと言ってのけた清瀬くんに眉間にシワを寄せる。

なにか言い返したいのに言葉が全然出てきてくれなくて、お魚のように口をパクパクさせることしかできない。

そして清瀬くんが私に一歩一歩ゆっくりと近づいてきていたその時。

「綾乃？」

清瀬くんのさらにうしろからした声。そちらに目を向けると、こっちに向かって歩いてきていたのは修二先輩だった。

「どうかした？」

首をかしげる先輩に、清瀬くんが私をまるで先輩から隠すように真正面に立つ。

き、清瀬くん……？

「先輩」

「ん？」

「俺、藤田傷つけるなら先輩でも容赦《ようしゃ》しないっすから」

「え？」

――え？

そう先輩と同じように言葉を漏らしたくなったけど、出なかったのはあまりに驚きすぎたからだ。

「それ、どういう意味？」

「先輩、自分の立場を自覚してください。人気のある先輩が元カノである藤田と親しく話していたらどうなるかぐらい先輩だったらわかるでしょ」

ここからじゃ清瀬くんの背中しか見えなくて。だから、どんな顔をしているのかが見えない。だけど、かなり怒っているのがはっきりわかるぐらい声は低い。

……清瀬くん、さっきの試合での出来事をきっと見ていたんだ。だから先輩にこんな強気で話してくれている。間違いでなければ私の、ために。

「俺、藤田のこと大切なんで」

「…………」

「藤田のこと傷つけないでください」

清瀬くんはそう言いきると頭を一度さげ、私の手をつかむと「行くぞ」と、いとも簡単に私のことをお姫様だっこした。

え、あ、ちょっと……！

「ちょ、清瀬くん……⁉」

お姫様だっこされるのは、これで二度目だ。一度目は私が鼻血を出したとき。

ふと清瀬くんの顔を見ると、すごく怒ったような顔をして前を向いていて。

――『俺、藤田のこと大切なんで』

なんで……。

――『藤田のこと傷つけないでください』

なんで、そんなこと……？

ねえ、清瀬くん……。ダメだよ、こんなの。だって、私、もっと清瀬くんのこと好きになっちゃう。

清瀬くんの体操着をつかむと目をギュッと閉じた。

伝えたい……。好きだって、言いたい……。

清瀬くんに好きな人がいても。かなわなくても。もう、我慢できない。

心の中に秘めておくことが、こんなにもつらい。

「藤田、大丈夫か？」

誰もいない保健室に着くと、清瀬くんが私を椅子におろしてくれた。

「う、うん……っ」

胸が、ドキドキして、うまく返事ができない。

開いている窓から風が舞いこんできてカーテンがふわりと揺れる。

「湿布《しっぷ》どこかなぁー？」

「…………」

「あっ、あった！　ほら！」

見つけた湿布を私に向けて心からうれしそうに笑う清瀬くん。

純粋で、真っすぐで、屈託《くったく》のない笑顔の清瀬くん。惹かれていく。どんどん。

清瀬くんの魅力に引き寄せられていく。

「湿布、貼ってやろうか？」

「えっ、いいよ！　自分でできるし！」

「そ？」

「うん……っ」

清瀬くんから湿布を受け取ると上履きを脱《ぬ》いで自分で貼る。

それを清瀬くんがパイプ椅子に座って見ていた。

……ふたりきりなの、慣れないなぁ。

みんな体育館や運動場にいるから、校舎側はすごく静かだし。

あるのは風に揺れる木の葉の音だけ。あと、自分のうるさい心臓の音。

「清瀬くん、さっきはありがとね」

「ん？　なにが？」

「先輩に、言ってくれて」

「ああ、いや、俺は自分が正しいと思ったことを言っただけだよ」

清瀬くんは強いね。

普通は、正しいと思っていても、ましてや先輩に向かって意見することは簡単なことじゃないよ。……それに。

「さっきの言葉、うれしかった」

「え？」

大切って言葉、すごく胸に響いた。とても、うれしかったんだよ。

「だから、ありがとう」

「ううん、どーいたしましてっ」

ひひっと歯を見せて笑う清瀬くんに、私も同じように笑ってみせた。

清瀬くんといると、なんでかな。心が休まる。安心するし、心地いいの。

そりゃドキドキして、落ち着かないこともあるけど。それでもこの笑顔を見ると穏やかな気持ちになれる。清瀬くんの不思議なパワーだよ。

「あのさ、藤田」

「なに？」

「さっきの続きなんだけど……」

さっきの続き……？　もしかして清瀬くんの好きな人のこと……？

「実は……俺……」

緊張したように顔をこわばらせて、ゆっくり言葉を選ぶ清瀬くんに首をかしげた。

なに……？

「俺さ……」

――ピンポンパンポーン。

《二年生の清瀬太陽くん。至急体育館に来てください。クラスのみんなが待っていますよ》

清瀬くんの言葉をさえぎるように流れた放送に、清瀬くんと顔を見合わせる。

「あ、やっべ。俺試合があんだった」

「ふふっ、もうなにしてるの。早く行きなよ」

「うん、ごめん！　また今度な！」

「うん、今度ね」

「藤田はゆっくり戻ってこいよ？」

「ん、ありがと」

私の足のことを気にかけて、そう言っているんだ。

その優しさがうれしくて、ついニヤけちゃいそうになる。

……でも。清瀬くんの言葉の続き、聞かなくてよかったかもしれない。

そう思うとちょっとだけ切なくなった。

結局そのあと足をねんざしてしまった私は試合に出られなくて、応援にまわった。

うちのチームは決勝に残ることもなく、球技大会を終え、バスケットボールの男子部門で優勝したのは先輩のクラスだった。

12

夏休みの約束

「あっつ〜い！」

「もう完全に夏だね」

「だね」

クラスの女の子たちの会話に、頬づえをついて窓の外を見る。

……もう季節は夏か。今年の梅雨は短かったな。

一年前の今頃は、修二先輩に全力で片想いしていたっけ。毎日どうにかして先輩の視界に入ろうと必死になって、放課後は必ずサッカー部の応援に行った。

そんな日々が、今では少し懐かしい。

そして最近の私の悩みといえば……。

『今年の球技大会、バスケの部の優勝は三年一組ですっ！』

先輩、本当に宣言したとおり、優勝しちゃって。

『よっしゃあああ！』

大声で喜ぶ先輩たちのクラスを見ていたら、先輩と目が合って。

ニッコリ微笑まれた。

――『ご褒美くれる？』

先輩のあの時の言葉を思い出す。

……本気なのかな？　本気だとしたら、どんなことをお願いされるんだろう？

もう一度付き合って……とか？

まだ先輩とは会えていないから、なにも言われてないけれど。

最近はそのことを少し不安に思っている。

「ふーじーたぁーっ！」

「……!?」

トイレに向かうために廊下に出た私のすぐうしろで叫ばれた名前に肩をビクリとさせた。

び、びっくりしたぁー……。

振り向くと満面の笑みを浮かべながら駆け足で近づいてくる清瀬くん。

「藤田見ぃっけ！」

「大声で呼ばないでよ、ビックリしちゃうじゃない」

「ごめんごめん。実はお願いがあって」

「お願い？」

清瀬くんからのお願いってなんだろう？

するとパン！と勢いよく顔の前で手を合わせて目をつぶる清瀬くん。

な、なに……。

「頼《たの》む！　俺に勉強を教えてくれぇ！」

「俺さ、夏休みにライブする予定なんだけど、見事にそれが追試と重なっちゃってさ！」

「う、うん……？」

「先生に頼みこんで土下座までしたら〝じゃあ特別にお前だけ追試を今度の土曜日にしてやるから〟ってことになって」

「よ、よかったね……？」

「よくねぇーんだって、それが！」

熱弁する清瀬くんに少し腰が引ける。それでもかまうことなく続ける清瀬くん。

「合格は八十五点以上だって言うんだ先生！　それができたら追試を見のがしてやるって！」

「八十五点？」

「そう！　先生笑っててさ、俺が絶対できねぇーと思ってっから、ムカついて〝やってやるよ！〟ってたんか切ってきた」

「え……！」

「頼むぅ！　藤田！」

べ、勉強⁉　なんで急に⁉　テストはこの前終わったはず……。

「……ぇ、え？」

「だから頼む！　俺を助けてくれ！」

再び顔の前で両手をそろえる清瀬くん。

その必死な姿に、含み笑い。ちょっといじわるしたくなった私はわざとらしくため息をついた。

「わかったよ、清瀬くん。一緒に勉強しよ」

「ほ、ほんとか⁉」

「うん！　任せて！」

「藤田！　マジでサンキュー！」

そう言われると同時にガシッとつかまれた手にドキ！とした。

そう思ったら今度は手をすぐ離されてしまって、ガッツポーズをする清瀬くん。

清瀬くん……！　手……！

心の底からうれしいのか、変な踊りまでし始める。そんな清瀬くんに少しポカーンとしたあと、遅れておかしくなって笑ってしまう。

フラダンスのように手を波のように動かしていたかと思うと、今度は頭上で手を合わせてくるくる回りだして。もう、わけがわからない。

「ははは っ。清瀬くんってば舞い上がりすぎだし！」

「そういう藤田は笑いすぎだぞー」

「ふはっ、だって、おかしいんだもん」

涙が出るほどおかしい。お調子者の清瀬くんの踊り、最高すぎる。

「じゃあ、また！」

満足したように教室に戻っていく彼を見送ると、なんのために廊下に出たのか思い出して、急いでトイレに向かった。

＊＊＊

「じゃあねー綾乃」

「うん、部活頑張ってね」

「ありがと！　また明日！」

放課後になってユカと教室でバイバイをして廊下に出た。

隣のクラスの前では清瀬くんがクラスメイトたちと楽しそうに話しこんでいて。

「あ、じゃあ俺もう行くわ」

私の存在に気づいた清瀬くんが友達にそう言うと私のもとへと歩いてきた。

「藤田先生、今日はよろしくお願いします」

「うん。図書室でいいかな？」

「図書室がベストかな。うし、行くべ」

歩きだした清瀬くんについて歩く。

この何ヶ月かで私と清瀬くん、グッと距離が縮まった気がする。それまでは話したこともなかったのに。同じ電車に乗って通っていたことだって、知らなかった。

お互いのこと、本当にまったくと言っていいほど知らなかった。

なのに私は今、清瀬くんに恋をしている。不思議。

恋するきっかけって、どこに転がってるかわかんないんだなぁ。

かなうことのない恋、だけど。

「清瀬くん」

「はい」

「何度言えばおわかりいただけるのかな……？」

「ひぃぃ！」

机をバン！　と叩きたい衝動を抑えてくっとこらえる。

同じミスを繰り返して間違えているよ、この人。清瀬くん、本当に勉強苦手なんだね。

「藤田が怖い……」

「なんて？」

「いえ、なんでもございません！」

でも、一生懸命やっているのはわかる。

夏休みのライブ、本当に楽しみにしているんだろうなぁ。

前は私の苦手な運動の練習に付き合ってもらって、今度は清瀬くんの苦手な勉強に付き合って。

お互いの苦手なことと、お互いの得意なこと。それぞれ全然違って。

だけど好みは似ているよね。笑いのツボも同じ。

最近気づいたけど、ふたりいつも同じタイミングで笑っている気がするんだ。

――『俺たち付き合ったらうまくいったりしてな』

この前の清瀬くんの言葉を思い出す。

……だったら。私じゃ、ダメかな？　清瀬くん。

「今日は付き合ってくれてサンキューな」

「全然いいよ。ただ明日はもっとビシバシいくからね！」

「よ、よろしく」

苦笑する清瀬くん。だって冗談《じょうだん》抜きでもっとペース上げていかなきゃ今週の土曜日の追試に間に合わないよ。

ふふっ、でも。並んで帰れるこの時間、幸せだなぁ。

一緒にいられることが最近うれしくて幸せ。ずっと一緒にいたいと願ってしまう。

清瀬くんのとなり。すごく幸せに感じる空間。

こんなふうに思っているなんて、清瀬くんはみじんにも感じてはいないんだろうけど。秘密だよ。

でもたまらなく言ってしまいたくなるときがあって。唇を噛んで押し殺している。

この前の球技大会のとき。お姫様だっこされたとき。我慢するのがつらくて、涙が出ちゃうかと思った。

こんなに〝好き〟が大きいのに、清瀬くんには好きな人がいる。

……そう考えると、のどがつぶれそうになる。

そのまま本当につぶれてしまえば、ずっと私の中で気持ちを留めておけるのかな。

……あぁ、なんか重症《じゅうしょう》。

――ブブッ、ブブッ。

いつものように定期を改札にかざし、電車に乗りこんだその時。カバンの中にしまっていたスマホが震えるのを感じて取り出した。画面に映し出された通知に目を見開く。

【ご褒美の件、覚えてる?】

先輩、からだ……。

付き合っていたときはいくら待っていてもこなかった通知。

返事を待って、ろくに眠れないまま朝を迎えたこともある。

つらくて、切なくて、痛かった恋。先輩との恋は付き合っていたのに、片想いしてるみたいだった。

「藤田どうした？」

「えっ？　あ、なんでもないよ」

清瀬くんの声にスマホをカバンにしまおうとした瞬間、乗っていた電車が揺れ、弾みでスマホを落としてしまった。

あっ……。

そしてかがんで拾おうとしたら、先に清瀬くんがしゃがんで拾ってくれて。

そのタイミングを見計らったように、暗かった画面に再び新しいメッセージの通知が浮かびあがった。

【七月最後の土曜日にある花火大会に一緒に行こう】

ふたりの間に一瞬の間が空く。見られてはいけないものを見られた感覚。一瞬だったはずなのに、果てしなく長い時間に感じた。

「はい」

「ありがとう……」

手渡されたスマホ。受け取るとき、手が少し震えた気がした。

清瀬くんも今のメッセージを見たはずだよね。

……なんて、思ったかな。

「……先輩とより戻したんだ」

「え？」

ち、違う！　そうじゃない！　そう、言おうとしたとき。

「よかったじゃん。今度はちゃんとワガママ言って甘えろよ」

「…………」

……なんで。なんで、なんで。

なんでそんな笑顔で、そんなこと言うの？

って、なんで、私、泣きそうになってるの？

わかってたことなのに。

清瀬くんが私のこと、なんとも思っていなかったことぐらい。

でも、やっぱり。

好きな人に元彼とより戻したことを「よかったね」なんて言われたらショック。

見られたく、なかった。SNSの内容。

あんなにタイミングよく清瀬くんの手の上でメッセージが浮かんだりしたら、偶然でもなんでも、神様に祝福されてないみたい。

その恋は間違いだよって。かなわない恋なんて早くあきらめなさいって。

そんなことを言われているような気分になる。

「……っ……」

やば。泣きそう。となりには清瀬くんがいるのに。

泣くな、泣くな。好きなの、バレちゃうよ。

……早く着いて、お願い。電車、早く私を駅に連れていって。

お願い、早く着いて。もう我慢……できない。

「……じゃあね」

電車が私の降りる駅に着いた。清瀬くんの顔を見られずに電車を降りる。

早く、ドア、閉まって……。

背中を向けたまま数秒後。

「ふじ……」

音を立てて再び動きだした電車に清瀬くんの声がかき消される。

気を張っていた心がゆるんで、その場に膝から崩れ落ちた。

「うっ……うぅっ……」

嗚咽も我慢できないぐらい、涙が止まらない。

どうしよう。こんなに泣けるほど清瀬くんのこと好きだなんて。

——「よかったじゃん」

そのひと言だけど、こんなにも苦しい。おかしいよね、こんなの。

好きな人がいることは最初からわかっていたことなのに。

わかっていて、仲よくなって、応援していたのに。

どんどん惹かれていく自分を止められなくて、こんな引き返せないところまで来ている。

どうしよう、清瀬くん？　私……ダメだ。

君のことが好きで好きで、胸が押しつぶされそう。

私のこと、好きになってよ。

＊＊＊

次の日の朝、洗面台の鏡に映る自分のひどい顔を見てため息を漏らす。

これじゃ泣きましたって言っているようなもんじゃん……。

赤い目。腫れたまぶた。顔色も悪い。

学校休みたい……。誰にも会いたくない。清瀬くんにも、先輩にも、ユカにも。

つらい、なにもかも。

清瀬くんと顔合わせるのつらいし、先輩からのメッセージは既読して無視したまま。

ユカは親友だけど、なにも言えない。

私が清瀬くんのことが好きだなんて打ち明けたら、清瀬くんとのことをきっと応援してくれると思う。

だけど清瀬くんの好きな人……ユカかもしれないから。相談できるわけない。

「行ってきまーす……」

気が乗らないまま、学校へ向かう。

お母さんのスクランブルエッグも食べる気になれなくて残しちゃった。いつもより早い出発。電車に乗ったら清瀬くんの姿がなく、ひと安心。移りゆく景色をぼーっと見つめた。

恋をしたら世界は輝《かがや》きを含んだようにキラキラするけれど、そのぶん悲しいことが起こると黒く染まるのも恋の病の副作用だと思う。

電車がいつもの駅に着いて降りる。どこにも力が入らなくて、とぼとぼだらしなく歩く私。

「そんな下ばっか見て歩いていると、転ぶよ」

「え、なんで……」

改札を抜け出た私の目に入った人物。壁に寄りかかるようにして立っていたのは……。

「修二、先輩？」

「おはよう、綾乃」

「なんで……」

「返事こなかったから聞きに来ちゃったよ」

そうおどけたように笑う先輩に私は同じように笑い返すことができない。

元気が出ない。明るく振る舞えない。エネルギー不足が否めない。

「綾乃をこんなに泣かせる悪い男は誰かな」

「先輩……？」

私の目もとに先輩が指を這《は》わせる。そのしぐさに目を繰り返しまばたきさせた。

「この前はあんなふうに威勢よくたんかきってきたくせに」

「………」

先輩はわかっているんだ。私が清瀬くんのことで泣いたってこと。

「俺が言えることじゃないんだろうけど、綾乃を泣かせるなんて許せないな」

「違うんです。清瀬くんは関係ないんです。私が勝手に……」

そう。私が勝手に好きになって、勝手に傷ついてるんです。

清瀬くんは最初から最後まで変わることなく、私じゃない誰かが好きだっただけ。それなのに好きになった私がいけないの。清瀬くんはいつだって私に優しくしてくれた。友達として。それで満足できなくなった私がいけないの。

「ちょっとこらしめてやるか」

「え?」

なにかを企むような先輩の表情。

「少しだけじっとしてて」

そう言うと先輩がぐっと私の顔に顔を近づけた。まるで、キスでもするかのように。

え!? 先輩!? なに!?

「しーっ」

唇に人さし指をあてて先輩がいたずらっぽく笑う。

意味がまるでわからない私は、目を大きく見開くことしかできない。

「もういいよ。うしろ振り返ってごらん」

そう言われるがまま、うしろを振り向くとそこにいたのは……。

「清瀬、くん……?」

清瀬くんだった。

いつも笑顔でいつも明るい彼からはかけ離れたような表情。まるでついこの間見た、球技大会のときの表情と同じ。

　怒って、る？　でも、なんで？

「清瀬くん。俺、もう間違えない。綾乃のこと泣かせたりしない」

「…………」

「だから、綾乃は俺がもらう」

なんでそんなこと清瀬くんに言うの、先輩。そんなこと、清瀬くんには関係ないよ。

「そう、っすか……」

「うん」

　怒った表情から、シュンと力がなくなっていく清瀬くんの顔。

　そして真っすぐ先輩のことを見すえる。

「藤田のこと、よろしくお願いします。藤田は俺の大切な……友達なんで」

　真剣な目。誠実な言葉。

……いらない。男女の友情なんて、いらない。

　でもやっぱり。底抜けにいい人な清瀬くんに私は恋をすることをやめられない。

やめられないよ。清瀬くんカッコいいんだもん。

　一度だけ私に目配せをして、清瀬くんは私たちの横を通り過ぎていった。

……なんだろうな。

告白したわけでもないのに、この、終わりを告げられたみたいな感じ。

あれっ。おっかしいなぁ？

「綾乃……そんなにあいつのことが好きなのか？」

あふれ出る涙で顔はぐちゃぐちゃで。心の中も悲しさと清瀬くんへの恋心でぐちゃぐちゃ。

こくっとうなずくと先輩が「そうか」と眉尻をさげた。

「俺、なんでもっと早く綾乃のことこんなに好きだってことに気づかなかったんだろう」

「…………」

「大切にしてやれなくてごめん。今さらだと思ってるけど、本当に綾乃のこと好きなんだ。俺じゃダメかな？」

先輩の切ない語りかけを聞いても、私の心の中を埋めつくすのは違う人。

それに今は頭の中ごった返していて、冷静に物事を考えられない。

「今は整理つかないかもしれないけど、聞かせてほしい。夏祭りの日、ここで五時に待ってる」

先輩はそう言うとその場を去っていった。

……どうしたらいいの。混乱しすぎてなにも考えられない。なにも。

先輩……。清瀬くん……。

後悔しているって、先輩の想い、伝わってくる。

あの頃欲しかった気持ちが今目の前にあるのに、とてもじゃないけど喜べない。

好きなんだもん。清瀬くんのことが。

ただ好きなだけなのに、どうしてこんなに苦しいの。

一方通行の恋。ゴールの見えない暗闇。持てあますほど大きくなった気持ちの拠りどころがない。

たくさんの気持ちが交差してシンプルにはうまくいかない。

清瀬くんが私を好きになってくれたら……なんてワガママで自分勝手な考えがさっきから頭に浮かんでは、ダメだダメだってかき消している。

できることなら戻りたい。清瀬くんを好きになる前に。

「おはよう、綾乃……って、大丈夫？　顔色悪いよ？」

「おはよう、ユカ。うん、大丈夫。ちょっと寝不足なだけだから」

登校するとユカが驚いた顔をした。自分でもひどい顔をしていることがわかる。いつもよりまぶたが重いし開かない。

教室に入る前に鏡で確認して、直してくればよかった。

「それならいいけど……。あ、そういえばさ！　太陽たちのバンド、夏休みにライブするらしいんだけど」

「……うん」

知ってるよ。そのライブと追試がかぶって危機的状況なんでしょ。

「なんかね、サプライズがあるんだって。噂だと太陽が好きな子に告白するとか」

「……そう、なんだ」

とうとう告白するんだ、清瀬くん。あのラブレターの相手の女の子に。

「はい、これ！　ライブのチケット、さっき太陽から預かってきた！」

「え？」

「私たちにも来てほしいって」

ユカが私に差し出したのは長方形のライブのチケット。

……あぁ、そっか。清瀬くんの好きな子って、ユカだったよね。

そりゃチケット渡すよね。告白の相手がユカだとあやしまれないように、友達の私にも。

……できれば、行きたくない。

だって見たくないよ、清瀬くんがユカに告白するところなんて。

想像しただけで、胸が張り裂けそう。

「あ……」

ふとその時、チケットに書かれてある日付けが目に入る。

この日って七月の最後の土曜日、だよね……？

先輩に花火大会に誘われた日とかぶっている。

「ユカ、ごめん」

「ん？」

「私この日行けないや」

……きっと、そういうこと。

神様は私に言っているんだ。あなたと清瀬くんはけして結ばれない運命にあるのだと。

だから、ライブには行かずに先輩と花火大会へ行きなさいと。

この、清瀬くんへの恋心はとことん神様から祝福されていないらしい。

「そっか……それは残念だね」

「うん……清瀬くんにも謝っといて」

「わかった」

会話が終わるのを見計らったようにチャイムが鳴り響いた。

……たとえ今は無理でも、ユカと清瀬くんがめでたくカップルになったら。

おめでとうって言える自分になりたい。

13

好きな気持ちを素直に

なぜかはわからないけれどあの日以来、私と清瀬くんの間に見えない壁を感じるようになった。

お互いがお互いに遠慮《えんりょ》しているような、そんな感じ。

電車で会っても、お互いにぎくしゃくしている。

もしかしたら私がその空気をつくり出してしまっているのかもしれない。

そして放課後の勉強会の約束も、清瀬くんが「自力で頑張るわ」と言ったので行かなかった。

優しい清瀬くんのことだから、先輩とよりを戻したと思って遠慮してくれているのかもしれない。

……こうやって距離ができていくのかな。

なんて思うとやっぱり切なくて。

でも、それもいいのかもしれない。私は清瀬くんが好きだから。

距離ができて、時間がたって。そうしていれば自然と忘れられるのかもしれない。

今はそんなことできる気は一ミリもしないけど。

つらくても、苦しくても、好きなことは自分の意思でやめられることじゃない。

自分の気持ちなのに、コントロールできない。それが恋みたい。

「本当に行かないの？」

「なにが？」

「太陽たちのライブだよ」

またた。ユカの問いにため息をつく。こうして毎日のように昼休みや放課後など、ことあるごとに同じことを繰り返し言うユカ。

どうしてユカはそんなに私にライブへ行くように勧めるの？

「行けないんだもん」

「先輩とデートだから？」

「……うん」

どうして行けないのってしつこく聞くユカに観念して先輩から花火大会に誘われたことを白状したのは昨日のこと。

言わないとまた繰り返し勧められると思ったから教えたけれど、意味なかったみたいだ。

「太陽、苦手な勉強頑張って追試まぬがれたらしいよ」

「そうなんだ」

そっか、追試、まぬがれたんだ。よかった。

でも、告白する計画があるなら、清瀬くんは頑張れる人だよ。

真っすぐだもん。大好きだもん、その子のこと。知ってる。誰よりも。

「先輩とより戻すの？」

「…………」

ユカの質問に黙りこむ。

……わかんない。戻したほうがいいのかな。清瀬くんが好きなのに。

だけど先輩はそれをわかっていて「俺じゃダメ？」と私に言ってくれた。

清瀬くんを好きな私を理解して想ってくれている。

「……綾乃。私は綾乃の親友だから、綾乃がどんな選択をしても応援したいって思ってる」

「うん……」

「でもこれだけは覚えといて。後悔だけはしない選択をしてほしい。綾乃には幸せになってほしいから」

ユカの言葉を噛みしめてうなずく。なんていい親友をもったんだろう、私。

「ありがとう」

力なく笑うと、そう言った。

でもね、ユカ。それは私も同じ気持ちなんだよ。ユカが幸せなら私もうれしいよ。

……うん。怒涛《どとう》のあの日から少し時間がたって素直にそう思えるようになった。

だから、私はライブには行かない。大切なふたりが幸せになるのなら。

私は黙って身を引こう。

「さよなら〜」

ついにいろいろあった一学期が終わった。とうとう明日から夏休みだ。

花火大会と清瀬くんのライブまであと約一週間と少し。心が痛みに慣れて、マヒしているみたいに穏やか。

「じゃあね、綾乃。夏休み遊ぼうね」

「うん、連絡するね」

ユカといつものように教室でさよならをして私は廊下へ出た。

見ないようにしても、引き寄せられる。やっぱり目がいくのは、友達とはしゃぐ清瀬くんだ。

……ライブ頑張ってね、清瀬くん。告白がうまくいくように応援しているよ。私は行けないけれど。

好きで、応援できないって、そう思っていた。だけどいろいろ考えていろんな負の感情を取りのぞいていくと最後に残ったのはとても温かいものでした。

君の幸せを、世界で一番願っている。君らしい笑顔でいてくれるなら、私はなんでもいい。

だから、好きな人と幸せに――。

「藤田！」

その時私を呼び止める声。進めていた足を止めた。

「ライブ、来いよ！　絶対！」

「っ……」

そんな笑顔でそんな残酷《ざんこく》なこと言わないでほしい。

うつむきそうになる顔を無理やり動かして、笑顔にしてみせた。

「行けたらね」

ひと言、そう言うと私は振り返らずに廊下を歩いた。

ごめんね、嘘ついて。

行けないんだ、私。

＊＊＊

それからの毎日は世界が色をなくしたように毎日が暗くて。脱力したように全然やる気が起きない日々。起きてすることと言えばごはんを食べて、ぼうっとテレビを見るぐらい。そしてたまにお母さんから頼まれたおつかいやらをこなす。昨日は庭の草むしりをした。この真夏に。

「浴衣《ゆかた》出しておいたよ。今日花火大会行くんでしょ」

「うん……」

ソファで膝をかかえてうなだれる私を見てお母さんがあきれたようにため息をついた。

とうとうこの日がきてしまった……。

「華の高校生とは思えない暗さね、あんた」

「うるさいなぁー」

「着付けしてあげるから先にお化粧しちゃってよ」

「うん……」

気が乗らないまま自室に行くと、机の上に鏡を置いてメイクを始めた。

……答えが出ないまま、このまま先輩と花火大会に行ってもいいのだろうか。

でも家にいたって、どうせ清瀬くんのことが頭から離れないし。とくに今日は清瀬くんのライブの日だし。きっと、いろいろ考えてしまう。

だから、これでいいんだよね？

「はい、できたよ」

鏡の中のお母さんが満足そうに笑っている。

白地に鮮《あざ》やかな黄色が綺麗なひまわりが咲いた浴衣。髪型もお母さんがかわいくまとめてくれた。

身体をくねらせて鏡で自分の姿を見る。

……かわいい。

この浴衣姿、清瀬くんに見てほしい、なんて思って、自己嫌悪に陥《おちい》ってしまった。

バカだ、私は。なんでこんな底抜けに好きなんだ。

「行ってきまーす」

下駄を履いて、通学と同じように電車に乗る。

同じように花火大会に向かっているのか、浴衣を着た人たちがちらほらいた。

中には仲睦《なかむつ》まじいカップルたちもいて、目をそらす。流れる景色の中に映る自分の力ない表情が映る。

電車を降りると改札を抜けて駅から外へ出た。

そしてこの前と同じように壁に寄りかかるのは修二先輩。

「綾乃」

私の姿を見て安心したように微笑む。

かたかた下駄が音を鳴らして、先輩のもとへ歩いていくと先輩もこちらへと歩みを寄せた。

「よかった。来てくれて」

「うん」

先輩の笑顔を見ながら清瀬くんの笑顔が一瞬チラついた。

ライブはたしか十八時からだっけ。

きっと今頃緊張してカチコチに固まっているんだろうな。

想像できちゃう。

だって、清瀬くんだもん。好きな女の子に告白するのに平気な顔でいられるわけない。

「行こうか」

「うん」

あっ、手……。

自然に握られた手にドギマギしてしまう。

付き合っていた当時。先輩はいつもデートをするとき、私と手を繋ごうとはしなかったのに。

握られている手に力が入っているのがわかる。

まるで〝離さない〟って言われているみたい。

しばらく歩くとたくさんの出店と人込みでにぎわう場所にたどり着いた。

すごい人の数に圧倒される。はぐれたら合流するの難しそう。

……清瀬くん、今頃なにをしているんだろう。

「花火が打ち上がるまでまだあるなぁ」

「そうですね」

「出店まわるか」

「はい」

うなずいて、再び歩きだす。すれ違う人たちとぶつからないように気を配りながら、ゆっくりと。

足の長い先輩も、下駄をはく私に歩幅を合わせてくれているのがわかる。

「あ、りんご飴《あめ》！」

目についたのはたくさんのりんご飴が並ぶお店。

「いる？」

「はい！　買います！」

そう言って巾着《きんちゃく》の中から財布を取り出していると「おじさん、ひとつください」と先輩が。もたもたしているうちに先輩がお金を払ってしまう。

「先輩払いますよ」

「いいって。気にしないで」

そんなこと言われても……。

「はい」と差し出されたりんご飴を受け取る。

「じゃあ先輩、からあげ食べます?」

「え?」

「私、買ってきますね」

りんご飴のちょうど向かいにあるからあげ屋さん。そこで「ひとつください」と、からあげを買う。

「はい、交換《こうかん》です」

先輩に差し出すと「ありがとう」と受け取ってくれた。

「これで心置きなくりんご飴が食べられます」

「ふは! 気にしなくていいのに」

「気にしますよ」

私が食べるのに、先輩のお金を使うなんて絶対ダメです。

右手に持つりんご飴が外灯の明かりの反射でキラキラして見える。小さい頃から大好きだから本当にうれしい。

「元気出た?」

「え?」

「いや、俺、この前のことすげぇ心配しててさ。悪いことしたなって」

申し訳なそうに眉先を下げる先輩。目線を下げて、首を横に振った。

「それこそ気にしないでください。清瀬くんには初めから好きな子がいましたから」

最初からわかっていたこと。

でもそれを忘れて、朝の通学電車で会えることを楽しみにしていたり。

偶然廊下で会ったときに話しかけてくれて、ニヤけたり。

一緒に放課後を過ごしてうれしくなったり、ちょっと優しくされただけで舞い上がったり。ひとりで盛り上がっていただけだから。

「そっか」

「そうです」

……りんご飴おいしい。

左手にしてきた時計を見る。ライブもう始まってる頃だなぁ。

清瀬くんのギターひいている姿、一度でいいから見たかったかもしれない。

でもそれ以上に、告白するところなんて見たくないけど。

「射的でもする？」

偶然通りかかった射的屋さんの前。先輩が立ち止まる。

「先輩がやってみてください」

「いいよ。どれ狙おうか？」

「あのキャラメルの箱とか落ちそうじゃないですか？」

「おっけい！」

はしゃぐ先輩。大声を出さなくちゃ会話できないぐらいにザワザワにぎわう人たち。自然と距離も近くなる。

「わあ、すごい！　先輩射的上手ですね！」

「たまたまだよ」

狙ったキャラメルが先輩の放った玉にあたり、落ちた。

お店のおじさんからそれを受け取ると、先輩とハイタッチをした。

はしゃいで、笑って、拍手《はくしゅ》して。

……こうやってテンションを上げていても、どこか寂しい気持ちが残る。どうしても消せない。

考えないようにしているのに、清瀬くんのことが頭に浮かぶ。本当に病気みたい。

「そろそろかな、花火」

「はい」

打ち上がり始めるのは、毎年だいたい十九時ぐらい。

穴場だという出店が並ぶ通りから少し抜けたところにあるベンチにふたりで腰かけた。

あと十分ぐらいか……。

時計を見て時間を確かめる。

「さっきから時計ばっかり気にしてるね」

「え、そんなことないですよ」

「あるよ。なにかあるの？」

「いや……」

ある、けど……。

黙りこむ私。遠くで行き交う人たちの声と足音が聞こえる。にぎわっているお祭りで、私の周りの空気だけが重く感じた。

「もしかして清瀬くん関係？」と先輩が優しく問う。ももの上で巾着の紐《ひも》を握る手に力がこもる。

答えるか迷ったけど、小さくうなずいてみせた。

「そっか」

「…………」

「行きたい？」

「え？」

びっくりするぐらい、穏やかな顔で先輩が言った。

少しだけ微笑んで前に向きなおすと、寂しげに目線を落とした。私はそのしぐさを見て、なにも言えなくなった。

「やっぱり俺は遅かったんだよなぁ。なにもかも」

「………」

「あの頃の俺さ、綾乃の心は俺のところにあるってまったく信じて疑ってなかった。だからあの日、駅で怒られたとき、頭ん中真っ白になって……正直ショックだった」

あの日って、私が初めて先輩に自分の寂しい気持ちをぶつけた日だよね？

「俺はすれ違っても、会えなくても、綾乃は俺のこと好きでいてくれるって信じてそう思ってたけど、綾乃は違ったんだって。でもそれってただの俺の自己満っつーかうぬぼれっつーか……。結局綾乃のこと見てやれなかったって証だよな」

「先輩……」

「今日も心ここに在らずって感じでさ。あいつのこと好きでも綾乃がそばにいてくれたらいいって思ってたけど、やっぱそんなんじゃむなしいだけって気づいた。……失ってからじゃ遅いって、ことかな」

苦笑する先輩に、私は顔をうつむけた。

あんなに大好きでずっとそばにいたいと思っていた。こんな日がくるなんて想像もしていなかった。

私も先輩のこと信じてたよ。

大好きだったよ。でも待てなかった。私の心が弱すぎたの。

先輩だけが悪いわけじゃない。

私も先輩も、お互いにダメだったから終わってしまったの。

正直に本音を言えなかった私。私の寂しい気持ちに気づけなかった先輩。

恋が終わるきっかけが重なりすぎた。

「ごめんなさい、先輩。でも私、先輩に恋したこと一生忘れないよ」

「…………」

「先輩に出会って恋したこと、後悔なんてしてないから」

生まれて初めて好きになった人。

すれ違いばかりでうまくいかなかったけど、悪い思い出ばかりじゃないから。

──『突然ごめんね。いつも練習見に来てくれてる子だよね？』

──『今日も応援に来てくれる？』

──『俺が好きなのは藤田綾乃だよ』

ほら。目を閉じれば、キラキラした恋の記憶がそこにある。なにひとつとして、忘れたくない初恋の記憶。

「ありがとう、綾乃」

「こちらこそ。こんな私を好きになってくれて、ありがとう」

忘れない。絶対に。初恋の相手が先輩でよかったって心からそう思うよ。

「ほら、行っておいでよ、彼のところ」

「あ、いや、でも……」

「告白しておいで」

「え⁉」

な……なんで、いきなり、そんな。告白なんて。

「今日をのがしたら次はいつ会えるの？」

「え、っと、それは……」

「新学期始まって会って、気持ち言える？」

それは……。きっと無理だ。告白を終えて、好きな子と付き合っている清瀬くんに想いを告げるなんてこと、できっこない。

「チャンスは今日しかないんじゃない？」

先輩の言葉に心を動かされる。

たぶん、いや、絶対。この気持ち伝えないままだと私きっと後悔する。

でもほかの誰かの彼氏になった清瀬くんに告白なんて死んでもできない自信がある。

だとしたら、チャンスは清瀬くんが告白をする前だけ、今だけだ。

「先輩、行ってきます！」

「うん。頑張って」

「ありがとうございます！」

立ち上がって頭をペコリと深くさげた。

そして走る。走る。清瀬くんのいるライブハウスへ。

どうしてかな？　振られることはわかってるんだけど、早く言いたい。

私、こんなにも清瀬くんのことが好きだよって。伝えたい。伝わってほしい。

あふれてくる気持ち、全部君に渡したい。

「はぁはぁ」

浴衣で走るのはキツイ。だけど立ち止まっている時間はない。

ライブってどのくらいの時間やるんだろう。

もう告白してたらどうしよう。

不安もあるけど、怖いけど。それでもなにより今は清瀬くんに会いたい。

――ヒューードドン!!

花火が打ち上がり始めた。ライブハウスはこのあたりからそう遠くなかったはず。

早く、もっと早く。走れ――。

＊＊＊

ここ、だよね……？

ネオンの看板が目立つライブハウスの入り口。上がった息を整え、汗を手の甲で拭った。そして意を決して扉に手をかけて中に入る。

初めて踏みいれるライブハウスの中は薄暗く、壁一面には落書きのように乱雑にローマ字が書かれてある。

その独特の雰囲気に怖気《おじけ》づきながら奥へと進む。

「あ、もしかして太陽たちのライブ見に来たの？」

「はい……そうです」

スタッフの名札を首にぶらさげた金髪の男の人に声をかけられた。

「ついさっき終わったよ」

「……嘘」

嘘。間に、合わなかった……？

力が抜けてその場にへにゃへにゃに座りこむ。額の汗が頬をすべり落ちた。

……間に合わなかった。もう、言えない。清瀬くんに、私の気持ち。

伝えることができない。

そんな……。やっと言おうって決意できたのに。もう伝えることはかなわない。

あまりの悔しさに、涙があふれそうになったその時。

——ガチャ。

「うお⁉　藤田なにやってんの⁉」

「……っ……。」

うしろから聞こえた声。首だけそちらに向けると奥の扉から顔を出す清瀬くんの姿。にじむ。清瀬くんの姿がにじむ。会えたうれしさ。心からの安心。

「うぅ～～清瀬くん～～」

「え⁉　なんで泣いて⁉　え⁉」

突然泣きだした私にあたふたする清瀬くん。まるで私が鼻血を出したとき、保健室で先生に怒られていたときの清瀬くんみたい。

清瀬くんだぁ……。清瀬くんがいる……。

「と、とりあえずこっちに行こう」

「うん……っ」

清瀬くんに連れられて、奥のステージがあるスペースに入った。

誰もいない広い会場。両サイドに大きなスピーカーが備えつけられている。

清瀬くんは今日ここで演奏したのかな？

「座って」

「ありがとう」

清瀬くんにうながされて、そんなに高くないステージに腰をおろした。

足が痛い……。下駄の鼻緒のところが擦れていて赤くなっている。

「少しは落ち着いた？」

「うん、突然ごめんね……」

「ううん。大丈夫？」

「うん」

困らせに来たんじゃないのに。言いたいことがあるから、ここに来たんでしょ？

「先輩となんかあった？」

「…………」

そうか。今日先輩と花火大会行くってこと、清瀬くんはあのメッセージを見たから知っているのか。

「先輩との関係は、終わらせてきた」

「え？」

「ちゃんと話してきた」

清瀬くんが驚いたように目を丸くする。

「清瀬くんに言いたいことがあって来たの」

続きを言おうとして、やめた。ライブが終わっているってことは、そういうことでしょ？　だったらこの気持ちを伝えることは……。

「藤田……」

「ん？」

「これ」

言葉をつまらせる私に清瀬くんが差し出したのは、あの日、清瀬くんと話すきっかけをくれたラブレターだった。

白い封筒、クローバーのシール。久しぶりに見たそれにまばたきを繰り返す。

なん、で……これを私に？

「ちゃんと届けようと思って」

「……？」

「この手紙の相手に」

それって、どういう……？

「読んでみて」

「うん……」

言われるがままに封筒の中の手紙を取り出してみた。

あなたの笑った顔が好きです。

あなたのことを一生守ります。

だから、

俺と、付き合ってください。

一枚目は前に見た手紙の内容。

たしか次の二枚目を読もうとしたら清瀬くんがすごい勢いで飛んできたんだよね。

恋人がいるのは知ってます。

でもあなたの寂しそうな顔を
俺は見ていられません。

俺が笑顔にしたい。

初めて見る、二枚目の手紙。
あれ……?
三枚目がある。
前に見たときは気づかなかった、その三枚目の存在。

藤田綾乃さんへ

初めまして。

話したこともないのに突然で、
驚くかもしれないけど
俺はあなたのことが好きです。

え？　どういうこと？　藤田綾乃さんへって……。

「…………」

もしかして、この手紙って、私宛《あ》てだったってこと……？

驚きを隠せなくて、開いた口が塞がらない。

嘘……嘘……。

「俺って本当にバカでさぁ。手紙の順番間違えて入れてるのに気づかなくて」

「……っ……」

「しかも下駄箱にちゃんと入れたはずなのに落ちてるし。渡そうとしていた女の子からラブレター返されるってどんだけだよ」

ハハッと笑う清瀬くんを見る。驚いて止まった涙がまた一筋流れた。

「俺が好きなのは最初から藤田だったよ」

——ドキッ！

心の奥底から熱いものがあふれ出てくる。

嘘だ。嘘だ。なにかの間違いだ、こんなの。

清瀬くんの好きな人が、私……？

「先輩とより戻したと思って身を引いたら、泣いて俺のとこに来るんだもん」

「きよ、せくん……っ」

「期待して、いいよね？」

清瀬くんが笑う。こらえきれずに私も泣きながら、笑った。

「好きだよ、藤田が」

膝の上に置いていた手を、清瀬くんの大きな手が包む。自分のじゃない体温は、こんなにも心地いい。

私が言うはずだったのに……っ。なんで清瀬くんが先に言うの……っ。

「好きだよ……私も、清瀬くんが。大好きです」

言えた。やっと言えた。

ずっと伝えたくて、でも、清瀬くんには好きな人がいるって我慢してきた。

だけどもう我慢したりしない。

清瀬くんが大好きです。君の笑顔が、男前さが。君の優しさが。

この世界で誰よりも、なによりも。

「ははっ！　やっべぇな」

「このラブレター宝物だよ」

まさかこのラブレターの相手が私だったなんて。

信じられない。うれしすぎるよ。

好きな人から好きって言われること。両想いになれるキセキが尊く感じる。

このラブレターの相手の女の子はどんなに幸せな子なんだろうって、ずっと思っていた。

今までずっと清瀬くんの好きな子に嫉妬したり、遠慮したりしていたけれど、まさかそれ全部が自分だったなんて。

ラブレターの中身の順番が違っていたり、手紙の最後や封筒に自分の名前を書き忘れている清瀬くんはやっぱりどこまでいっても清瀬くんだと思う。

「藤田綾乃さん」

「なんでしょう」

ごほんっとわざとらしく咳きこんだ清瀬くん。

「あなたの笑顔が好きです。あなたのことを一生守ります。だから、俺と、付き合ってください」

手紙と同じ言葉。

清瀬くんの想いが声に乗って私の胸に届く。

「はいっ！　もちろんっ！」

精いっぱいの笑顔で答えると清瀬くんがうれしそうに笑って。そして……優しいキスをしてくれた。

私ね、恋はつらいものだって感じていた。

こんなにつらいなら、好きにならなければ……なんて思った瞬間もあった。

だけどその時間も含めて〝恋〟なわけで。

キラキラしていて、でも痛くて。ドキドキしても、涙があふれるときもある。

楽しいけど、楽しいだけじゃない。

これから付き合っていくうえで、いろんな問題が起こると思う。

だけど大好きな清瀬くんとならどんなことでも乗り越えられる気がするの。

清瀬くん、好きです。

君のその破壊力抜群の笑顔。誰とでもすぐ仲よくなれるフレンドリーな性格。

カッコいいけど、少し抜けてて憎めないその人柄《がら》。ずっとそばにいたい。そう思えるのは清瀬くんだけ。

「清瀬くん、好きだよ」

「うん、俺も」

「好き」

好きって何回言っても伝えきれない。だから、これからゆっくり時間をかけて伝えていくことにするね。毎日でも言いたい。清瀬くんが好きだよって。

真っすぐ君だけに向かう想いに、幸せしか感じない。

「……ごめん、藤田かわいすぎ。もう一回キスしてもいい？」

「えっ」

いいって、まだ言っていないのに。重なった唇。甘酸っぱい、恋の味。

いっぱいいいっぱい好きだと思っていたのに、まだ気持ちがあふれてくるよ。

ねえ、清瀬くん。好きです。永遠に。

14

返却されたラブレター

俺には好きな女の子がいる。それはとなりのクラスの藤田綾乃ってやつ。

話したことは……一度もない。

でも何度かすれ違ったことあるし、ぶつかったこともある。

最初はかわいい子だなぁ……って見ていただけだったけれど、たまに見る悲しそうな顔を見て無性《むしょう》に歯がゆくなったのが始まり。

俺がもっと笑わせてやりてぇ。俺だったらもっと毎日楽しませてやれるのに。

そう、思った。

でも彼女には修二先輩という彼氏がいる。

この学校にいる人なら知らない人はいないっていうほどの人気者だ。

……勝てる気はまったくといって、ない。

「…………」

しかし、これどうすっかなぁ……。

中学の頃からの同級生であり、藤田綾乃の親友でもあるユカにそそのかされて書いちまった手紙。いわゆるラブレターってやつ。

気持ちをそのまま書き綴ったが、正直かなり恥ずかしいわ……。

さっきから藤田の靴箱の前をうろうろしている。

渡すか渡さないか。ずっと迷っている。

告白してしまいたい。でも、絶対向こうは俺のことなんて意識したことすらないだろうし。

「……………」

ああもういいや！　入れてしまえ！

そう思った瞬間、階段のほうから足音がするのが聞こえた。

やっべぇ！

さっと藤田の下駄箱に手紙を入れるとその場を走り去った。

「マジか……」

少し離れたところから手紙を入れた藤田の下駄箱のほうを見る。

よりにもよって藤田綾乃本人かよっ！

いきなりの展開に頭をかかえる。

ここからじゃよく見えないなぁ……。

少し大胆《だいたん》に身を乗り出して藤田のことを見てみると、藤田の手の中に俺が書いた手紙があるのが見えた。

やっばい‼　やっぱ読まれたくねえ‼

そう思った俺は……。

「おい！　なに見てんだよっ！」

そう勢いよく駆け寄ると、叫んでしまった。ビックリしたような表情。大きな瞳が真っすぐに俺を見る。

——ドキッ！

やっべえ、かわいい……じゃなくて手紙手紙。

そう思って、藤田の手もとを見ると手紙はすでに開かれていて。

「これ、清瀬くんのっ……？」

「……中身、見た？」

「う、うん。ごめん……」

「うわあ！　マジか！　やべぇ、どうしよう。なんかチョー恥ずかしいんだけどぉ！」

マジかマジか。え、ってことは、え？

俺、藤田に告白しちまったってことだよな？

「どう、思った……？」

「え？　……ああっ、えっと、すごい真っすぐな気持ちで感動した……？」

……なんで疑問系なんだ。

でもまあ、いきなり告白されて引かれてはいないみたいで安心した。

しかし、その安心もつかの間。

「このラブレター落ちてたんだけど、誰に渡そうとしたの？」

……え？

「きっとこれもらった人うれしいと思うよ」

え、え？　どういうこと？

はい、と返されたラブレターを受け取る。意味がわからずしばらくフリーズする俺。

そしてまさかと思って中身を確認すると宛名が書いてある一枚目が一番最後になっていて、まさかの三枚目として書いたものが一番手前になっていた。

……そしたらなに。

藤田はこの一枚目を見ただけでまだ三枚目にたどり着いてなく、この手紙の宛先が自分ってことに気づいてないってこと？

「…………」

マジかよ、俺。バカすぎかよ、俺。信じられねぇよ俺。

渡そうと思っていた女の子からラブレターを返されるなんて、笑えない冗談にもほどがある。

「ふふっ！」

……でも。最近ずっと悩んでそうな顔をしていたから。この笑顔を見られてよかったのかもしれない。

「どうすればいいと思う？」

ここから始めよう。友達から。話すことから。

俺は藤田が好きだから。

彼氏がいても。それがたとえ、学校中の人気者でも。いくらでも待っていられる。

告白できるその時まで。いつか言いたいから。

あなたの笑顔が好きです。あなたのこと一生守ります。

だから俺と、付き合ってください……って。

END

書籍限定
番外編

ラブレターのお返事。

今日もお母さんのスクランブルエッグを食べてから一日がスタートした。

そして今日から二学期が始まる。

実は今少し緊張してたりして……。

最寄り駅の改札を抜けて時間どおりにやって来た電車に乗る。

「ふじた！」

だってそこには……。

「う……っ」

清瀬くんが、いる。

長かった夏休み。あの、花火大会の日の出来事を思い出すと今でもめちゃくちゃ恥ずかしい。

宝物になったあのラブレターは自室の机の引き出しにしまってある。

何度も何度も読み返してはニヤけたり、恥ずかしくなってキャー！　と叫んだり。

私の変人ぷりに磨《みが》きがかかった夏休みだった。

「ん、どうかした？」

横に立つ清瀬くんが私の顔を覗きこむ。そんなふうにされて、もともとうつむいていた私はそのまま右のほうへ顔をそむけるようにして彼の視線からのがれた。

「あんま見ないで」

「なんで？」

「なんでって……」

好きすぎて、清瀬くんのこと真っすぐ見ていられないし、こっちを見られているって思うとドキドキして、心臓が爆発しちゃいそうになるんだもん。

……なんて言ったら清瀬くんは大笑いするんだろうな。

アホだなって。そう言って笑うんだ。

そしていじわるするように間違いなく顔を近づけて見つめてくる。わかる。

今だってほら、大きな瞳で熱い視線を送ってきている。

そんな清瀬くんにたじたじしてしまって、わかりやすいぐらいに逃げ腰になってしまう私。

「ちょっと、綾乃さん？」

「へ？」

あ、綾乃さん？

「そんなに拒絶《きょぜつ》されると彼氏傷つくんですけど」

「……っ……」

か、彼氏……！

妙に心をくすぐられる響きに目を見開く。

そして目の前にはちょっとすねたように口をすぼめる清瀬くん。

なにそのかわいい顔は！

そしてそれがなぜかツボってしまって「ぷ！」と、笑ってしまう。

「やっと笑ってくれた！」

「ふふっ、だってその顔おもしろいんだもん」

「綾乃さんが笑うならいくらでも変顔しますよ？」

そう言って始まった変顔のメドレー。

もう、おかしくて、おかしくて。笑いが止まんない。

……やっぱり清瀬くんだなあ。距離を縮めるのがすごくうまい。

私が恥ずかしくてたまらないのをものともせずにこうして笑いにしてくれて。

さすがだなあ。

こういうところを、好きになったんだよなあ。笑顔がとってもステキで、おもしろくて、私を笑わせる天才。ずっとそばにいたい。

となりで、ふたりで、こうして笑っていたい。心からそう思える。こんな恋ができて幸せだよ。

手紙やメッセージの件ですれ違っていたけれど、ここにたどり着けて幸せだ。

電車が揺れ、肩と肩が触れる。

遠かった距離が、こんなにも近い。

不思議で、見上げた私に首をかしげながら清瀬くんが私のことを見る。

「ねえ」

「ん?」

「清瀬くんのこと、太陽って、呼んでもいい?」

「そんなの、あたり前じゃん」

ゆっくりでいい。もっと君のことを知りたい。

太陽のことを一番よく知るのは彼女の私で。私のことを一番よく知るのは彼氏の太陽で。

一番近くにいたいんだ。誰よりも。もう、失敗はしたくないから。

この恋が終わりを迎えることのないように。永遠であるように。

そう、信じたい。信じたい、けれど……。

先輩との恋で、永遠だと思った恋にも終わりがあることを知った。

お互いに恋に落ちて、好き同士になっても、寂しさやいろんなすれ違いで気持ちがすり減ってこのままじゃダメだと、モヤモヤして。

恋は、なにが起きるか全然わからない。

予測不可能で、想像の範疇《はんちゅう》を余裕で超《こ》えてくる。

だから、清瀬くんと結ばれてうれしいんだけど、本当の本当は、少し怖い。

終わってしまったら、どうしよう。

寂しさやすれ違いに負けたらどうしようって、そんな弱気なことばかりを考えてしまう。

そうなりたくない。だけどやっぱり、少し怖い。不安がある。

ずっとそばにいたいと願うからこそ、その不安が頭から消えないんだ。

＊＊＊

改札を抜けて、学校までの道のりを清瀬くんと並んで歩く。

今までもこうして何度も一緒に歩いたことはあるはずなのに、前より景色が華やいで見えるのは関係が変わったからかな。

まだまだ暑さの残る九月。日光のするどい紫外線が肌をこがしているのがわかる。

肩にかけているカバンの紐を両手で握った。

……今、ふと手を繋ぎたいって思ってしまったけれど。

暑いし、手汗、気になる。

手を繋ぎたいって言えば太陽のことだから、繋いでくれるんだろうけど。

……我慢、しよう。

そうして太陽と談笑しながら歩いているうちにたどり着いた学校。

「おはよう、綾乃！」

「おはよう」

昇降口で声をかけてきたのはユカだった。

「もう、ほんと、ふたりがくっついてくれてよかったよぉ」

「な、なんで？」

「実は私、太陽が綾乃のこと好きなの知ってたから」

「えぇ!?」

そうなの!?

ニコニコしながら、やっと言えたと言わんばかりのユカの表情に、肩を落として複雑な感情を込めた笑みを浮かべる。

でもそう考えると、ユカが私に一生懸命太陽のライブに行くことを勧めていたことに納得がいく。

なんだ……そうだったのか……。

太陽の手紙といい、私は私の勘違いで悩んでいたのかと笑いすら出てくる。

宛名なしだと思っていたラブレターの相手は、実は私で。でも私はもしかしたらユ力かもしれないと思い悩んでいた。

悩んで悩んで、身を引こうかと思ったのに。

でも、すべてはうまくいった。

あのラブレターも、私のもとへちゃんと届いてくれたし。

「この幸せ者め！　綾乃を泣かせたらただじゃおかないからね？」

「おう！　任せとけ！」

ふたりの会話にうれしくなって心の温度が上がる。

親友と恋人のこの会話。ふたりから大切にされていることがわかる。

私も大切にしたいな、ふたりのこと。

大好きだから。

＊＊＊

「え、あのふたり付き合ってるの!?」

「少し前から仲いいなって思ってたけど」

「先輩の次は太陽かぁ」

授業が終わったあとの休み時間。

トイレに入ろうとして、聞こえてきたその話題に思わず入り口前で立ち止まる。

壁に背中をつけて寄りかかると、息を短く吐いた。

こうなることは、わかっていた。

人気者の彼女は、女の子たちから嫌われる。

付き合い始めた噂は瞬く間に広がって、陰口や、学年ではこの話題で持ちきり。しばらくは続くだろう。

はぁ……わかってはいたけれど、やっぱりしんどい。

自分の名前が自分のいないところで出てくるのを偶然にもこうして聞くのはやはり精神的にこたえる。

先輩と付き合っていたときも体験したけど、やっぱり嫌だな。

でも……我慢するしか、ないよね。太陽のとなりに、いるなら。いたいなら。

「綾乃？」

「あ……太陽」

目の前に現れた彼氏に一瞬驚きながら、自分の今の感情をさとられまいと笑顔をつくる。

太陽は勘がいいから。心配させないように、気をつけないと。

「なにかあった？」

「ううん、なんでもないよ。どうしたの？」

「いや……綾乃見たら無条件で話しかけるよ、俺、彼氏だし？」

「ふふっ」

なにそれ、おかしいの。クスクス笑う私に太陽が優しく微笑む。

「あー、やっぱ綾乃の笑顔はいいな」

「えっ？　急になに？」

「いやされるよ、マジで」

満足げにそう言う太陽に、私は面食らう。

私だっていやされているよ。太陽の笑顔に。私を好きだと伝えてくれる、その無邪気さに。

その愛情を感じるたびに太陽のそばにいたいと強く思うの。

……だから負けたくない。同級生からの冷たい視線にも。

ううん、一学期にあった球技大会で太陽の人気は同級生だけにとどまっていなかったから、学校中の好奇な目線や噂にも。きっと、耐《た》えてみせるよ。

「あ、そういえば」

「ん？」

「今日友達と遊んで帰るから、先に帰っててくれる？」

付き合い始めてからというもの、約束をしたわけではないけれど、登下校を一緒にするようになった。

行きはこれまでどおり同じ時間の電車に乗って、帰りはなんとなく教室だったり、廊下だったりでお互いを待っている。

「わかった」

「心配しなくても男だらけだから」

「っ、心配してないし……！」

「それはそれで複雑なんすけど」

「なに、心配してほしいの？」

「嘘嘘。マジで浮気だけはねぇーわ」

軽快に笑う太陽に、わざとらしく疑いのまなざしを向ける。

浮気なんて、心配してない。

だけど、遊びにいくところに女の子がいたら……ちょっと妬《や》いちゃうかも。

太陽はフレンドリーで、男女問わずに誰とでも仲よくできる人だから。

それが彼のいいところなんだろうけど、彼女となった今では少し複雑。

――キーンコーンカーンコーン。

休み時間の終わりを知らせるチャイム。

「じゃあな」

「うん、またね」

言葉を交わし、それぞれのクラスに戻る。

あ、そういえばトイレに行くの忘れてた。太陽が話しかけてくれたタイミングがよすぎたから、話に夢中になっちゃった。

＊＊＊

放課後。いつものように部活に行くユカを見送って、ひとりで廊下に出る。

帰ったら、録画しておいたドラマでも見ようかな。

「おい、早くカラオケ行くぞ〜！」

となりのクラスのほうからそんな騒ぎ声がして、不意に見ると太陽たちのグループがいた。彼を合わせて四人みたい。

遊びって、カラオケに行くのか。そういえば太陽の歌うところ見たことないな。バンドでギターをひいているぐらいだから上手なんだろうけど。

想像すると、ちょっとニヤけちゃう。

「あ、太陽たちカラオケ行くの〜!?」

「うん」

「私たちも行っていい⁉」

太陽たち男子グループに、派手な女の子たちのグループが近寄っていく。

人数もちょうど四人で、いい感じ。

きっとあのグループが街へ繰り出したら複数のカップルが団体で遊んでいるんだと思うんだろうな。

「いいよー！　みんなで行こうぜー！」

言ったのは、太陽ではなかった。

受け入れられた女子たちが「いぇーい！」なんて言いながらうれしそうにはしゃいでいる。

太陽の表情はここからじゃよく見えないけれど、どんなこと考えているんだろうか。

「……っ……」

なんとも言えない気持ちになりながら、私は彼らの横を通り過ぎた。

胸がズキズキ痛い。でも、なによりも自分の心の小ささに嫌気がさす。

いいじゃない、女の子たちと遊びに行くぐらい。

男の子の友達もいて、ふたりきりなわけじゃないんだし。

でも、あの女の子たちの中に、太陽に想いを寄せている子がいないとは限らない。

……って、ダメダメ。

こんなことくらいでへこたれていたら、友達の多い太陽とこの先やっていけない。

このくらい我慢、しなくちゃ。

階段をゆっくりおりて、昇降口に向かう。そして自分の下駄箱から靴を取り出そうとしたとき「綾乃」と声をかけられてうしろを振り向く。

あ……。

「先輩！」

「久しぶり。元気？」

「はい、なんとか」

あの花火大会以来の先輩との再会。

気まずくなるかなとやんわり考えていたけれど、先輩があまりに普通に声をかけてくれたから、こっちも普通に返答することができた。

「そう？　元気そうな顔には見えなかったから声かけたんだけど」

「え？」

「付き合ってたんだからそれぐらいわかるよ。あいつと、なんかあった？」

先輩の優しい声かけに我慢していたものが心の中でどっと広がる感覚がした。

でも、先輩に相談するって、どうなんだろう？

「俺には言いにくい？」

「いや、そういうわけじゃ……」

「じゃああててやろっか？」

先輩が得意げな顔をして、そう言った。目を見開く私の鼻に人さし指をちょんとあてる。

「また我慢してんだろ。綾乃の悪い癖だぞ」

爽やかな笑みを浮かべた先輩。びっくりして、触られた鼻を両手で押さえる。

すごい、本当に言いあてた。

「なんでわかるんですか？」

「元彼の勘だよ」

元彼だなんて言葉を使うあたり、先輩はやっぱり少しいじわるだ。

でも、言いあてられて、少し心が楽になる。ひとりで悩んでいた部分を少し軽減されたような、そんな感じ。固くなっていた表情が綻《ほころ》んでいく。

「ねぇ、なにやってんの」

先輩と笑いあっていると、背後から聞こえた不機嫌な声。うしろを振り返るとそこには不機嫌そうな顔をした太陽がいた。

あまりの不機嫌オーラに、恐怖すら感じる。

いつもの太陽とはかけ離れた怖い表情。あっけに取られていると私の手を取って、太陽が歩きだした。

「ちょっと！　どうしたの⁉」

「………」

無言で歩き進める太陽。握られている手首が痛い。怒っているのが全身から伝わってくる。

先輩と話していたから、嫉妬しているの？

「太陽？」

「なんで先輩といるわけ？」

「なんでって、偶然だよ」

しばらく歩くと、誰もいない空き教室に入った。握られたままの手。怒っていた太陽の目が今にも泣きそうで、切なそうに揺らいだ。

そして次の瞬間、手を引き、私のことを抱きしめた。

「ごめん、俺。余裕ない」

「え？」

「嫉妬でどうにかなりそう。ほかの男と話してる綾乃を見るのは嫌だ。元彼の先輩ならなおさらだし」

悲しそうな声。こもったようなその声が耳もとでする。

「俺、綾乃のことが好きすぎるんだよ。わかってる？」

太陽の甘い言葉に体温が上がる。

かあぁぁっと顔にも熱がこもった感覚がして、めまいがしそうだ。

「私も好きだよ。太陽がほかの女の子と仲よくしてるの見るとつらいよ。手だって、本当はいつも繋ぎたいって思ってた」

太陽の背中に手を回して、ギュッとしがみつく。

今まで我慢していたこと、今なら言える気がして、意を決して言ってみた。

そしたら太陽が「ふは！」と、いきなり噴き出すように笑いだしてびっくりした。

「俺たちどんだけ気が合うんだよ」

「え？」

「俺もまったく同じこと思ってた。手、繋ぎたいって思ってたよ」

嘘……。本当に？

でもたしか、付き合う前もそんなことがあったね。

俺たち付き合ったらうまくいくんじゃないかって太陽が言って、私はそれにうれしくなった。

本当に同じことを考えていたのなら、太陽が言っていたことはあたっているのかもしれないね。

「怒ってごめん」

「ううん、私のほうこそごめん」

「なあ、キスしていい？」

「……誰にも見られないかな？」

「大丈夫。俺が綾乃を隠すから」

そう言うと太陽が私の肩を不器用に持って、緊張した面持ちで目を閉じた。

私も同じように目を閉じるとやわらかい太陽の唇が、私の唇に重なって、溶ける。

甘い甘い、キスは、幸せの味がした。大切にされているのが伝わってくる。

太陽に、愛されていることを実感できる。

私、太陽の彼女になれてとても幸せだよ。好きになってくれて、ありがとう。

好きにさせてくれて、ありがとう。

恋する君のそばに、ずっといたいです。いさせてください。

＊＊＊

「ねえ、あのふたりめっちゃラブラブだよね」

「太陽の藤田さん愛がすごいもん。今日も手を繋ぎながら学校来てたし」

「ほんと、溺愛って感じだよね。見てるこっちが恥ずかしくなるぐらい」

昼休みのトイレ。

個室に入っていると、あとからやって来た女子たちの噂話に耳を傾ける。

太陽と付き合い始めて半年がたった頃には、嫌な噂話はほとんど聞こえてこなくなった。

だが、その代わりに……。

「でも私たちもあんなふうに愛されたいよね！」

「ねー。教室でも綾乃綾乃ってうるさいもんね、太陽」

「私たちも頑張っていい彼氏つくろー！」

「うん！」

私たちは学年が認めるラブラブなバカップルだと思われているような噂話をよく聞くようになった。

でも付き合いたての頃のような噂話よりかは幾分《いくぶん》かマシだ。それでもたまに聞こえてる妬みの声も、今では気にならない。だって太陽のことがそれ以上に大切で、そばにいたいと思うから。

そしてあれから私は我慢をやめて、太陽に思ったことを素直に話すようになった。

たまに癖で我慢してしまうけれど「綾乃、話したいことない？」って太陽が定期的に聞いてくれるの。すごく優しい彼氏だと思う。

まだ付き合って半年だけど、本当にずっと一緒にいたいって思っている。

これからたくさん思い出をつくって、楽しいことも苦しいことも、大好きな太陽と乗り越えていきたい。

私たちならきっと大丈夫だよね。

清瀬太陽くんへ

あなたの笑った顔が好きです。

あなたのことを一生守ります。

だから、私と
ずっと一緒にいてください。

藤田綾乃より

あとがき

初めましての方も、そうでない方も、この「だから俺と、付き合ってください。」を手に取って頂き、誠にありがとうございます。先月、三月に創刊された新レーベル、野いちご文庫にこの作品で仲間入りできたことが今は本当に嬉しく、幸せに思います。

この作品はただひたすらに「恋」について考え、悩み抜き、執筆いたしました。これまでの私の作風といったら「とにかく暗い」「いじめ」「複雑な人間関係」など、そんな深い感情をテーマに執筆することが多かったのですが、今回は本当に一言、「恋」です。タイトルの候補に「恋愛相談」とあったぐらいです。

さて、作者としてこの作品について少し語らせてください。

どうでしたか？　綾乃の恋心は皆様とかぶる箇所などなかったでしょうか？

私自身、この作品は書いていてとても楽しく、太陽の言動には生みの親ながらキュンキュンしてしまいました。

唯一難しかったのは綾乃の心が先輩から太陽に移り変わる微妙な心情。これは表現するのに本当に苦労しました。あまりに急だと読者様は共感してくれないだろうし、でもあまり時間をかけすぎても展開していかないし。サイトで連載中もかなり悩みましたし、いざ完結して、この書籍化にあたりパソコンで作業している時もひとり怪しく唸ってばかりいました。

でも好きな人が一生のうちひとりだけ……なんてきっと稀《まれ》です。いろんなすれ違いや寂しさに最初は確かにあった気持ちがなくなってしまうこともありますよね。

忙しくて会えないカップル、あるある。迷惑かけたくなくて本音を言えないこと、あるある。好きな人に好きな人がいても諦められない、あるある。恋愛相談したらイケメンな答えが返ってきて惚れちゃいそうになること、あるある。あんなに好きだったのに、他に気になる人できた、あるある。そんな「恋」のあるある、できるだけ詰め込みました。作者なりに。なので少しでも共感できるところがあれば嬉しいです。

最後に、この書籍化にあたりご協力してくださった担当さんをはじめスターツ出版の皆様。そして素敵な表紙と口絵漫画をこの作品のために描き下ろしてくださった埜生様、関係者の皆様。本当に素敵な絵で大満足です。最初、埜生さんに描いていただけることを聞いた時はひとりで家で叫んだぐらいです。ありがとうございました。

そして、全ての読者様に最大限の感謝の言葉で終わりにします。ありがとうございました。

二〇一七年四月二十五日　晴虹

この物語はフィクションです。実在の人物、団体等とは一切関係がありません。

晴虹先生への
ファンレター宛先
〒104-0031　東京都中央区京橋1-3-1　八重洲口大栄ビル7F
スターツ出版（株）　書籍編集部気付　晴虹先生

だから俺と、付き合ってください。

2017年4月25日　初版第1刷発行

著　者　晴虹　

発行人　松島滋

イラスト　埜生

デザイン　齋藤知恵子

DTP　朝日メディアインターナショナル株式会社

編集　飯野理美
佐々木かづ

発行所　スターツ出版株式会社
〒104-0031
東京都中央区京橋1-3-1 八重洲口大栄ビル7F
TEL 販売部03-6202-0386（ご注文等に関するお問い合わせ）
http://starts-pub.jp/

印刷所　共同印刷株式会社
Printed in Japan

ISBN　978-4-8137-0244-3　C0193

ISBN：978-4-8137-0243-6

ISBN978-4-8137-0190-3

この1冊が、わたしを変える。
スターツ出版文庫　好評発売中!!
いつか、眠りにつく日
いぬじゅん／著
定価：本体570円＋税
もう一度、君に会えたなら、
嬉しくて、切なくて、悲しくて、
きっと、泣く。
高２の女の子・蛍は修学旅行の途中、交通事故に遭い、命を落としてしまう。そして、案内人・クロが現れ、この世に残した未練を３つ解消しなければ、成仏できないと蛍に告げる。蛍は、未練のひとつが５年間片想いしている蓮に告白することだと気づいていた。だが、蓮を前にしてどうしても想いを伝えられない…。蛍の決心の先にあった秘密とは？　予想外のラストに、温かい涙が流れる―
ISBN978-4-8137-0092-0
イラスト／中村ひなた